내성적인

당신이 좋다

내성적인
당신이 좋다

김진향

비로소
나에게서의
해방이기를

다반
일상의 책

당신이 언제나 옳다

이따금, 어린 시절을 떠올려 본다. 어찌 보면 그때의 자아가 지금의 내 모습일지도 모르겠다. 엄마 손을 잡고 동네를 나서면 사람들은 나에게(혹은 엄마에게) 이렇게 말해 주었다.

"어쩜 이렇게 인형 같을까~ 따님이 예뻐서 좋으시겠어요."

지금 생각해 보면 어른들끼리 안부 인사처럼 딸이 예쁘다고 하는 말이었는데 참 기분이 좋았다. 수줍었지만 왠지 모르게 어깨가 으쓱해졌다고나 할까. 그래서 그때는 내가 예쁜 줄 알았었다. 만나는 어른마다 그렇게 말했으니까. 자신감도 차올랐다. 내가 나를 잘 알기 위한 노력보다는 타인의 평가에 더 빨리 동화되는 것은 어린 나에게도 적용이 되었던 것 같다.

하지만 학교라는 더 큰 세상에 발을 들여놓고 보니 내가 보기에도 나보다 예쁜 아이가 많았다. 그리고 학업 성적이라는 것으로 평가를 받게 되자 그동안 차곡차곡 저금해 두었던 자신감은 점점 고갈되어 갔다. 미술, 음악, 체육 그리고 국어. 예체능 쪽에서 재능을 보였던 나는, 잘하는 것 외에는 관심이 없었다. 좋아하는 수업 시간에는 선생님이나 친구들이 나를 봐주기를 바랐고 싫어하는 수업 시간에는 나를 쳐다보지 않기를 바랐다. 그렇게 나는 괜찮다가도 괜찮지 않은 감정을 반복해 가며 유년시절을 보냈다.

고학년이 되고 아버지가 병상에 누우며 자존감은 더 바닥을 쳤다. 생계 때문에 지쳐 가는 엄마의 모습을 보며, 남들보다 못하다는 부정적인 생각이 자꾸만 들었다. 그나마 그림과 음악을 통해 힘겨움을 달래곤 했다. 미술대 진학을 위해 동아리 활동을 하거나, 혼자 음악을 듣고 코인 노래방에서 노래를 할 때엔 어두운 생각에서 조금은 내려올 수 있었다. 그러나 대학 진학 역시 나에게는 쉬운 일이 아니었다. 원하는 학교, 원하는 학과의 진학은 좌절되었다.

'실력은 충분한데… 선생님이 미안하다.'
이 말은 귀에 들어오지 않았다.

엎친 데 덮친 격으로 스무 살이 되자마자 난치병 진단을 받았고 나는 무너졌다. 몇 달 동안 지금의 상황에 대해 생각해 봤지만 이해가 되지 않았다. 내 인생에 대한 분노만 가득했다. 실컷 울고 화를 내고 나니 조금은 다른 생각이 들기 시작했다. 소심하고 내성적이 되어 버린 내게도 정말로 하고 싶은 일이 있다는 것을. 이렇게 힘들게만 살기에는 인생이 너무 아깝지 않은가. 환경이라는 제약 때문에 미뤄 뒀던 나의 꿈들이 보이기 시작했다. 절벽 끝에 서보니 내가 미리 정해 버린 한계가 무의미하게 느껴졌다.

'그래, 삶이 언제 끝날지는 모르지만, 그래도 사는 동안은 원 없이 하고 싶은 것을 다 해보자!'

마음을 고쳐먹었고 진짜 하고 싶었던 일을 해보기로 했다. 그리고 그 길로 서울로 삶의 자리를 옮겼다. 서울에 와서 하려던 일은 거의 다 했고 서른일곱 살이 된 지금, 내가 겪은 경험의 수가 그 정도가 되었고, 가졌던 직업이 그만큼 되었다. 그리고 다행히 지금의 나는 건강하다. 아마도, 하고 싶은 일을 마음껏 하고 매일 설레이며 살았기 때문이 아닐까.

하지만 여전히 어려운 것은 있다. 무대공포와 발표불안증이 있었던 나에게 남 앞에 서는 것은 정말 힘든 일이었다. 이겨내기 위해 스스로를 계속해서 그 자리에 세워야만 했다. 반복된 경험만이 두려움을 이겨낼 거란 생각이 들었기 때문이다. 강연이 있기 전날은 잠을 잘 이루지 못한다. 나를 넘어서려는 다양한 노력을 해왔지만 쉽게 되지 않는 것도 있다는 것을 배우고 있다.

아직도 새로운 사람이 많은 자리에 가거나 일에 대한 의뢰가 들어올 때면 신중하고 조심스러운 성격이 금세 튀어나온다. 새로운 일을 해보려는 결심을 하기까지는 어마어마한 양의 레퍼런스가 필요하다. 아주 가끔은 이런 내 성격이 사라지면 좋겠다는 생각도 했다. 그러나 두려운 나와 그렇지 않은 내가 함께 살아갈 수밖에 없다는 것을 받아들이고 살기로 했다. 관심에 열광하는 소수의 사람들이 아닌 대부분의 사람들도 나와 비슷한 과정을 겪으며 살아간다는 것을 알게 되었기 때문이다. 세상이 원하는 페르소나를 쓰고 살아갈 뿐이라는 것을. 그러니 마음을 가볍게 하고 함께 용기를 내면 좋겠다. 그래서 나도 당신과 별반 다르지 않다는 고백을 먼저 보낸다.

나는 앞으로도 잘하다가도 못할 것이고, 못하다가도 잘할 것이다. 대신 조심스럽고 신중한 성격의 나를 잘 다루며 살아가려 한다. 나를 조심스럽게 대하듯, 타인에게도 조심스럽게 다가가면서 말이다. 그리고 두려움을 이겨내야 할 때는 한껏 나를 응원하면서.

인생은 누구의 인생이 가장 멋진가를 겨루는 레이스가 아니다. 나답게 살아가는 것일 뿐이다. 나답고 싶은 것도, 나답고 싶지 않은 것도 모두 나라는 것을 인정하며 우리는 모두 잘 살아갈 수 있다.

옳은 사람이,

옳은 인생이 될 수 있다.

당신이 언제나 옳다.

목차

PART 1.

눈에 띄고 싶지 않으면서도
눈에 띄고 싶다

PART 2.

모두가 외로워서
외롭지 않다

PART 3.

내성적인 게 아니라
내향적입니다

PART 4.

그래도
1cm만 더

PART 1.

눈에 띄고 싶지 않으면서도
눈에 띄고 싶다

보내야 할 것은
보내야 한다

이천 년 전, 소크라테스는 아테네 시장에서
여러 가지 사치품을 늘어놓고 파는 모습을 보고
한탄을 금치 못했다.
"세상엔 내게 필요치 않은 물건이 얼마나 많은가."

아침에 일어나 가장 먼저 하는 일은 기분이 어떤 상태인지 살피는 것이다. 어제의 좋지 않은 기분이 혹여나 오늘까지 이어지고 있지는 않은지, 간밤에 악몽을 꾼 것은 아닌지, 그런 것들이 오늘 나에게 주는 힌트는 무엇인지에 대해 생각해 본다.

주어진 하루를 잘 보내기 위해 가장 중요한 것은 '기분'이다. 그래서 좋은 기분을 갖고 하루를 시작하기 위해 노력한다.

5년 전, 하고 싶은 것을 다 이루고 난 뒤에 이제 무엇을 해야 할지 모르겠다는 이유로 세상을 왜 사는지에 대해 생각했던 시기가 있었다. 삶에 대한 이유를 찾던 그 시기에 일기를 쓰기 시작했고 감정을 살피고 돌보는 연습을 해왔다. 그래서 내게 찾아온 감정 중에 붙잡아야 할 것과 흘려보내야 할 것을 구분하는 방법을 알게 됐다.

짧은 하루 동안에도 다양한 상황으로 인해 감정은 천국과 지옥을 수십 번이나 오간다. 그제야 '천국과 지옥이 이렇게나 가까운 거구나'라며 깨닫는다. 17세기 작가 존 밀턴은 "우리 마음은 우주와 같아서 지옥이 천국이 되게 할 수도, 천국이 지옥이 되게 할 수도 있다."고 말했다. 이 말을 좀 더 빨리 알았더라면, 내가 경험하는 천국과 지옥이 이리도 가깝다는 걸 좀 더 빨리 알았더라면 불행한 감정을 보다 더 즐길 수 있었을까.

좋지 않은 감정은 대체로 사람으로 인해 생겨나는 경우가 많다. 더불어 살아가는 '사람 인ㅅ'을 떠올려 보면 서로 기대어 있는 만큼 사람과의 부딪힘은 피할 수 없다. 소통을 안 할 수는 없기에 나에게 생겨나는 다양한 감정을 그대로 수용하고 그것을 잘 다루는 연습이 필요했다.

어느 날, K대표가 내게 건넨 말이 계속해서 머릿속에 맴돌았다.

"작가님, 말을 조금 천천히 하면 어떨까요? 말하는 모습이 작가님의 전체적인 분위기와 어울리지 않아요."

생각지 못한 조언에 당황했다. 평소 말을 조곤조곤하게 잘한다는 말을 듣던 내가, 왜 평소와 다르게 행동했을까? 생각해 보니 K대표가 말하기 전, 이미 나는 내 감정을 무시하고 지나쳤었다. 아침부터 이상하게 불안한 느낌이 있었고, 그 불안함의 원인을 찾고 해결했어야 했는데 무심코 지나쳤던 것이다. 불안함은 자신을 바라봐 주지 않았다고 내 행동을 통해 상대방에게 초조함으로 전달이 되었다. 감정은 잠시만 내버려 두어도 이렇게 어떤 식으로든 표출이 된다. 마치 자신을 돌보아 주지 않아 화가 난 아이처럼 말이다.

일기를 쓰며 오늘 일어난 상황을 되돌아보고 그 상황마다 내가 느낀 감정이 어땠는지에 대한 심리적 데이터를 쌓을 수 있다는 점이 좋았다. 어떤 상황에서 감정에 영향을 받는지를 알 수 있었고, 외부의 상황에 따라 일희일비하며 끌려다니지 않고 상황을 담백하게 바라볼 수 있게 됐다. 타인의 말이나 행동에 감정이 요동치는 일이 줄어들었다.

가까운 누군가는 순간의 감정을 어찌하지 못해 스스로를 비관하며 괴로워하기도 한다. 참 안타까운 일이다. 감정은 타인으로 인해 가장 큰 영향을 받지만, 타인이 어떻게 해줄 수 있는 것이 아니기에 스스로가 더 단단해져야 한다.

내 감정은 내가 선택할 수 있어야 한다. 좋은 기분은 유지하고 나쁜 기분은 흘려보내며 하루를 좀 더 명쾌하게 보내는 지혜가 필요하다. 오늘 하루를 어떤 기분으로 살아갈지 선택하는 건 온전히 나의 몫이다. 이것 하나만 바뀌어도 나쁜 감정으로 인해 허비하는 시간이 줄어들게 되고 그 시간을 나의 발전을 위해 보낼 수 있다.

뜨거운 아이스 아메리카노가
존재할지도 몰라

뜨거운 것도,

차가운 것도 먹고 싶은데

그럴 땐 어떻게 해야 할까?

그냥 먹지 마.

"뜨거운 아이스 아메리카노 주세요."

카페에서 폰으로 급한 업무를 처리하다가 주문을 하며 나도 모르게 튀어 나온 말이었다. 카페 직원은 당황하며 물어본다.

"네? 뜨거운 아이스 아메리카노요?"

그제야 아차, 싶은 생각에

"죄송해요, 뜨거운 아메리카노 주세요."

이렇게 말을 하고 직원과 서로 당황스러운 상황을 웃음으로 넘겼다. 선택 장애가 있다는 건 어찌 보면 완벽한 것을 원하는 심리에서 비롯된다. 두 가지, 혹은 세 가지를 모두 잘하고 싶을 때에도, 이것도 저것도 모두 갖고 싶을 때에도 그런 순간이 찾아온다.

좋은 감정과 싫은 부정적인 감정이 교차해서 들었던 순간이 떠올랐다. 대부분 '좋을 때'와 '싫을 때'가 함께 있었다. 연인과의 관계에서도 마찬가지였다. 좋아하는 사람이 숟가락으로 반찬을 떠서 게걸스럽게 먹는 모습이 너무 싫다가도 내가 스치듯 지나가며 했던 말을 기억하고는 세심하게 무언가를 준비해 주었을 때는 그 사람이 참 좋았다. 돌이켜 보면 사람과의 관계에서도 '완벽한 것'은 없었다. 어찌 보면 완벽한 누군가를 원하는 것 자체가 모순이었다. 나부터가 미완성에 모순 덩어리인데 말이다.

사람들의 만나자는 연락에 대부분 답변을 바로 하는 편인데 시간을 많이 뺏기게 되어 스트레스를 받았었다. 친한 동생에게 하소연하니 동생은 이렇게 조언했다.

"일일이 답장하지 마. 언니가 친절하게 일일이 답장해 주면 상대방은 연락을 해도 된다고 생각해서 계속 회신이 반복되고 결국 늪에 빠져 버려. 가장 친한 친구는 내가 중요한 일을 앞두고 있으면 일부러 연락 안 하고 기다려 주더라."

어쩌면 감정도 관계도 완벽한 것은 없는 것 같다. 좋은 감정과 대조적인 싫은 감정도 꼭 필요한 것이었다. 그래야 기쁜 순간을 더 기쁘게 느낄 수 있는 것처럼 말이다.

뜨거운 아이스 아메리카노를 주문받은 직원은 얼음 세 조각을 넣어 주는 센스를 발휘했다. 사람들은 뜨겁거나, 차갑거나를 선택하지만, 사실 진짜 원하는 것은 따뜻함과 쿨함이 아닐까.

모두가 가지고 있는
반짝이는 무언가

"기계에는 말이지, 불필요한 부품이 없어.
딱 필요한 만큼만 달고 나오잖아.
그러니까, 만일 세상이 하나의 거대한 기계라면,
나도 불필요한 부품일 리가 없다고 생각했어.
나도 내게 맞는 쓰임이 있을 거야."

– 영화 〈휴고Hugo〉

어릴 때부터 동물을 좋아했다. 혼자 살기 시작하면서 두 번째로 데려온 고양이는 털이 하얗고 눈이 새파란 신사였다. 나이가 많은 채로 내게 온 멋쟁이 신사는 전에 키우던 집사가 이름을 지어 줬는데 눈이 파란 시인 '릴케'와 닮은 눈동자로 인해 이름이 '릴케'였다.

파란 눈의 릴케는 다른 고양이보다 목청이 컸고, 덩치도 컸으며 힘도 셌다. 그래서였을까, 여러 번의 파양을 여러 가지 이유로 겪고 나서 나에게 올 수 있었다. 마침 카페를 막 운영하던 때였는데, 그런 환경은 릴케가 본인의 매력을 십분 발휘할 수 있는 기회가 되었다. 릴케는 손님이 오면 무릎 위에 앉아 그릉거리며 고양이 특유의 애교를 부렸고 얼마 되지 않아 카페의 독보적인 마스코트가 되었다. 최고의 영업

사원이라고 불릴 만큼, 릴케의 인기는 엄청났다. 손님들은 릴케에게 주기 위해 간식도 사오고 다양한 릴케의 사진도 찍어 갔다. 힘이 세고 목청이 크다는 단점으로 인해 여러 번 파양되었던 릴케가 사랑을 듬뿍 받는 고양이로 변하게 된 것이었다. 릴케는 눈치도 빨랐고 소변도 변기 위에서 볼 정도로 똑똑했다. 어느 날은 내게 선물을 주려고 했던 건지 쥐를 잡아 와 내가 잘 볼 수 있는 곳에 두기도 했었다.

누군가에게는 부담이었던 릴케의 단점들이 환경이 바뀌면서 '특별한' 고양이가 될 수 있는 이유가 되어 주었다. 사람에게도 그런 경우는 많다. 내가 가진 단점을 사랑받을 수 있는 상황에 놓아두면 결과는 완전히 달라질 수 있다. 설령 모두에게 긍정적인 평가를 받을 수 없더라도 소수의 사람에게는 반드시 필요한 사람이 될 수 있는 것이다.

　나 역시 과거에는 내가 가진 목소리 때문에 스트레스를 많이 받았었다. 목소리 톤이 높고 맑다 보니 좋아하는 노래의 보컬 스타일과는 맞지 않았다. 허스키한 소리를 내고 싶었는데 아무리 노력해도 고쳐지지 않아 모창을 하듯 좋아하는 노래를 따라 불렀던 웃픈 기억이 있다. 그런데 강의와 코칭을 하며 가장 많이 들었던 말이 "목소리 좋으시네요."였다. 이후 클럽하우스라는 음성 플랫폼을 통해 사람들과 소통하면서 내 목소리가 상대방을 기분 좋게 해준다는 것을 알게 되었다. 사람들은 방송이 끝나고 나면 "기분이 좋아지는 목소리예요. 듣는 것만으로 힐링이 돼요."라며 칭찬을 아끼지 않았다. 좋아하는 노래와 어울리지 않아 콤플렉스였던 목소리는 내가 접한 상황이 달라지면서 오히려 독보적인 나만의 매력이 되어 주었다.

갖지 못한 것에 대한 막연한 동경은 자신도 모르게 스스로를 깎아내리는 나쁜 습관으로 이어지기도 한다. 누구에게나 그런 경우가 있을 거라 생각한다. 그러나 단점이라고 생각했던 것이 어느 순간 '반짝' 하고 빛을 발하는 순간이 분명 올 것이다.

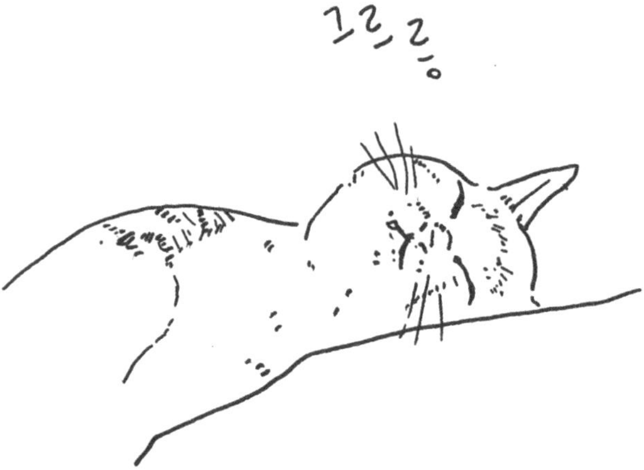

나에 대한 호기심이
발견하게 되는 것

"손을 꽉 쥐면 아무것도 가질 수 없지만
손을 펴면 전부를 가질 수 있단다."

– 영화 〈와호장룡 臥虎藏龍〉

나는 '무엇이 되어야겠다'는 생각보다는 매 순간마다 '하고 싶은 것'에 집중하며 살아왔다. 때로는 무모하다는 이야기도 들었지만, 그런 경험들이 지금은 다른 사람들을 도와줄 수 있는 소중한 자산이 되어 주었다. 무엇을 하고 싶은지를 알기 위해서는 스스로와 대화하는 시간을 많이 가져야 했다. 무엇을 원하는지, 무엇을 해야 행복한지에 대해 끊임없이 묻고 답해 왔다. 그래야 '사는 대로 생각하는' 어리석은 일이 생기지 않는다. 나는 내가 무엇을 좋아하는지 몰랐었고 그것이 무엇인지 알아내는 것이 가장 중요했다. 그런 이유로 다양한 것을 시도해 봤고 내가 정말 하고 싶은 것을 발견할 수 있었다.

사람은 누구나 행복해지고 싶어 한다. 그런데 아이러니하게도 우리는 어른이 되면서 행복한 일보다는 돈이 되는 일을 택하게 된다. 좋아하는 일로는 먹고살기 힘들다는 생각과 함께 종종 험난한 현실의 벽에 부딪히기 때문이다. 참 안타까운 일이다.

강연이 끝나고 나면 이런 질문을 받는다.

"혼자서 그 많은 일을 다 하는데 힘들지 않아요?"

그럴 때면 이렇게 말한다.

"일한다는 생각보다는 논다는 생각으로 일해요. 저에게는 일이 놀이거든요."

하고 싶은 일을 찾았다는 것은 정말 크나큰 축복이며 그일이 꼭 한 가지여야 할 이유는 없다. 좋아하는 일 중에 하나인 사진 모델은 지속해서 다양한 제안이 들어온다. 물론, 내가 세계적으로 유명해질 만큼 모델로서 뛰어난 외모와 재능을 가진 것은 아니지만 그래도 좋아하는 일이기에 다양한 제안을 흔쾌히 받아들인다. 이 일이 좋은 이유 중 하나는, 가장 젊은 날의 내 모습을 기록으로 남길 수 있어서이다.

나는 애초에 가수, 모델, 배우 활동으로 유명해지고 싶은 생각이 없었다. 그보다는 좋아하는 작업을 통해 다양한 페르소나를 가진 내 모습을 발견하고 표현하고 싶은 게 컸다. 그래서 돈이 생기면 좋아하는 일을 하기 위해 아낌없이 투자를 해왔다. 꾸준히 음원을 발매하고 있고 좋아하는 사진작가와 작업하기 위해서 비용이 필요하다면 기꺼이 비용을 지불한다.

이렇게 찍은 사진과 음원을 SNS에 공유하면 사람들은 나의 색다른 모습을 보고 다양한 제안을 역으로 주기도 한다. 모델로서의 기회가 중국이나 일본에서 생기기도 했다. 음원 발매를 통해서 다양한 가수와 콜라보도 진행했고, 그 일과 관련된 사람들과 소통할 때 대화가 잘 통한다는 점이 가장 좋은 점이기도 하다.

뛰어난 재능이 없다고 해서 하고 싶어 하는 일을 하지 않았다면 어떻게 되었을까? 다양한 직업군의 사람들과 만날 수 없었을 테고, 내가 할 수 있다는 걸 증명하지 못해서 또 다른 기회가 생기지도 않았을 것이다.

작가와 강사라는 전문성이 가져다준 새로운 연결도 많았

다. 재미있고 행복해서 한 일이 하나둘 쌓이다 보니 '나'라는 작은 플랫폼이 된 것이다. 꼭 돈이라는 재화로 돌아오지 않더라도 하고 싶은 걸 놀듯이 즐기며 해보라고 말하고 싶다. 그렇게 당신 안에 아직 미처 발견하지 못한 블루오션이 세상에 나오기를 바란다.

한 뼘 더 성장하기 전에
일어나는 일들

生於憂患(생어우환)이요, 死於安樂(사어안락)이다.

지금 힘들고 어려운 상황이
결국 나를 살리는 계기가 될 것이고,
지금 편안하고 안락한 상황이
나를 죽음으로 내몰 것이다.

- 『맹자(孟子)』의 '고자 하' 편

사람들은 자신이 좋아하는 일을 하면 모든 게 행복할 거라는 착각을 한다. 그러나 자신이 그토록 원하고 바라던 일을 하더라도 힘들고 불행한 일은 생기기 마련이다. 네 번째 책을 출간하고 책의 홍보를 위해 열심히 뛰어다니고 있었을 때의 일이다. 책의 홍보 플랫폼으로써도 유튜브가 강세인 걸 알고 있었지만 어떤 채널에 출연하면 좋을지 모르겠어서 고민하고 있었다. 마침 오십만 구독자를 가진 채널에 소개로 연결이 됐다. 오랜 시간 고민하고 노력한 책이 잘 되기를 바라는 마음으로 용기 내어 출연을 결심했다. 채널 주인 K 대표와 촬영을 하기 전 가볍게 인사를 나누었고 편안한 분위기로 촬영이 진행됐다. 그런데 영상이 업로드 되고 나서의 반응은 충격적이었다. 시청자의 댓글은 그동안 내가 살아온 시간을 부정하는 것이 대부분이었다. 영상을 보며 원인을 분석

해 보니 전문가로 출연하여 좀 더 진중하게 이야기를 전했어야 했는데, 너무 긴장해서인지 조급함으로 말과 행동이 나타났다. 두서없는 이야기는 시청자의 관점을 잊고 진행되고 있었다.

드러내고 싶지 않은 이야기를 촬영이 끝난 뒤 삭제해 달라고 요청했는데, 구독자가 납득할 수 있는 중요한 내용이 빠져 있었던 것이다. 나를 전혀 모르는 사람이 해당 영상을 본다면 그럴 수 있겠다는 생각이 들었다. K대표의 채널에 피해가 되지 않을까 싶어서 어떻게 하면 좋을지에 대해 물어봤는데 이렇게 답변이 왔다.

"원래 선구자는 돌을 맞아요. 신경 쓰지 않아도 괜찮습니다."

그렇게 영상에 대한 댓글에 아무 대응을 하지 않았고 그대로 두었다.

며칠 후 친한 언니에게서 오랜만에 연락이 왔고 근황 이야기를 하다가 영상에 대한 사람들의 반응에 대한 이야기를 했다. 내 이야기를 듣던 언니는 말을 이었다.

"진향아, 속은 상하겠지만 이렇게 생각하면 좋을 것 같아. 내가 오늘 어떤 선생님과 이야기를 나눴는데 사람이 더 크게 성장하는 시기가 되면 그런 일이 일어난다고 하더라. 너한테 이 말을 전해 주려고 오늘 그 말을 들었나 봐. 사람이 커질 때 주변에서 시샘하고 질투하는 사람들이 갑자기 욕을 하고 이유 없이 그 사람을 끌어내리려고 한대. 그게 그만큼 그 사람이 성장했다는 신호이고 다른 사람들이 그것에 대한 직감이 들기 때문에 그런 행동을 하는 거지. 그들도 욕을 하려면 시간과 에너지를 쓰는 건데 그것 또한 노력이거든. 기존의 인간관계에 있는 사람들은 네가 자신과 비슷한 레벨로 오래 남게 하고 싶어서 끌어내리기도 해. 진향이가 그 산을 뛰어넘어 더 훌륭한 존재가 되는 것을 참을 수 없는 거야."

언니의 이야기를 들으며 며칠 동안 있었던 일을 가만히 생각해 보며 이 또한 지나갈 거라 생각하고 흘려보내기로 했다.

행복이라는 단어를 입에 올리기 힘든 요즘, 사람들은 자신이 행복해질 수 있는 일을 찾는다. 그리고 이내 힘든 고비를 맞으면 포기해 버리고 만다. 행복은 '시작'에 있는 것이 아니라 지속하면서 느끼는 것이 아닐까. 의도하지 않은 상황에서 스스로에 대한 실망은 찾아오지만, 언니 같은 사람들의 존재는 내가 좋아하는 일을 계속해서 지속할 수 있게 해준 다. 마치 내가 좋아하고 행복해하는 일을 멈추지 말라는 응원처럼 말이다.

부러우면 지는 건데
계속 질 때

"태양조차도 흑점이 있는데
인간의 인생에 결함이 없을 수는 없다."

– 러시아 철학자,
니콜라이 체르니셰프스키Nikolai Chernyshevsky

남과 비교하지 말자고 다짐을 해도 누군가를 부러워하는 마음은 갑작스레 찾아온다. 아무리 노력해도 결코 될 수 없는 것도 있다는 것을 알고 있는데도 말이다. 태어날 때부터 주어진 것, 출발점부터 다른 것은 힘든 순간이 올 때마다 한쪽 구석에서 다시 소환된다.

그만큼 '시작'의 타이틀이 인생에 미치는 힘이 강력했다. 그럴 때면 신이 참 야속하다는 생각이 든다. 나를 왜 부러운 사람이 아니라 지금의 나로 태어나게 한 걸까. 어릴 때는 주어진 환경에 대한 불만이 많았었다. 하지만 어느 순간 바꿀 수 없는 것을 바꾸려는 노력을 그만두기로 했다. 아무리 부정해도 이미 어떻게 바꿀 수 없는 것에 사용하는 에너지가 너무 아까웠기 때문이다.

삶이라는 컵에 어두운 물감을 계속 부어 까맣게 물들이며 행복하지 않은 이유를 하나씩 찾아낼수록 자존감은 점차 검게 물들어 가고 있었다. 부러우면 지는 건데 계속해서 끝도 없이 질 것만 같았다.

복잡한 마음을 달래고자 오랜만에 고향 집에 찾아간 날, 무료한 시간을 보내다가 오래된 장롱에서 옛 기억이 떠오르는 물건들을 발견했다. 그중에는 '참 잘하는 나'도 있었다. 학창 시절 받았던 상장은 내가 잘할 수 있는 것이 있다는 것을 일깨워 주었다. 그림과 글쓰기가 그것이었다. 상장이라는 문서의 칭찬과 당시 받았던 선생님의 응원이 떠올랐다. 그때의 칭찬이 무의식 속에 자리 잡았던 걸까. 나는 가장 잘한다고 칭찬받았던 그림을 전문적으로 그리려고 노력해 왔고 좋아하는 글쓰기를 지속적으로 하고 있었다. 덕분에 집에 가기 한 달 전, 이미 책을 출간한 작가가 되어 있었다. 내가 어쩌지 못하는 것이 때때로 나타나 나를 괴롭히는 것처럼, 내가 어쩔 수 있는 것도 공존하며 그만큼 자라나고 있었다. 잘하고 좋아하는 일을 나도 모르게 조금씩 성장시키고 있었던 것이다.

살아가는 데 필요한 무언가를 그 이상으로 원하다 보면 시선은 자꾸 타인에게로 향한다. 나에게는 없지만 다른 사람이 갖고 있는 것에 마음을 빼앗기고 이미 내가 가진 빛나는 것에는 시선을 두지 않게 된다. 실제로 손을 뻗어 만질 수 있는 것은 내 것인데도 말이다. 어디에 마음을 두어야 할지, 무엇에 시간을 들여야 할지에 대해 나에게 묻는다. 결국 답을

아는 사람은 나뿐일 테니. 그리고 어딘가로 향했던 눈길을
다시 나에게로 돌린다.

눈에 띄고 싶지 않으면서도
눈에 띄고 싶다

"성공하기 위해선 꿈과 용기, 의지라는
세 가지 요소가 어우러져야 합니다.
그보다 더 중요한 것은
선택하는 법과 포기하는 법을 배우는 것입니다."

인플루언서라는 타이틀로 살아온 지 제법 긴 시간이 흘렀다. 촬영을 하고 평소 볼 수 없던 예쁜 사진이 나오면 빨리 누군가에게 자랑하고 싶어진다.

"나에게 이런 매력적인 모습도 있어요!"

이렇게 소리치는 것처럼 말이다. 의뢰받은 마케팅이 성공하거나 강연에 대한 피드백이 좋을 때도 마찬가지다. 내가 봐도 내가 멋져 보일 때면 그런 모습을 자랑스럽게 SNS에 포스팅을 하고 사람들의 관심을 끌어 모은다. '멋있어요'라든가, '예뻐요' 같은 타인의 인정이 나를 기분 좋게 해주고 더 잘하고 싶은 생각이 들게 하기 때문이다.

스무 살 초반의 나도 그랬고 서른일곱이 된 지금의 나도 그렇다. 인간이라면 누구나 관심과 사랑, 칭찬을 원한다. 많은 사람에게 '인정'은 삶의 원동력이 되고 누군가에게는 존재의 이유가 되기도 한다. 그런 이유로 나 역시 타인의 인정에서 나의 자존감을 채워 왔었다.

그런데 정말 눈에 띄고 싶지 않을 때도 있다. 자존감이 낮을 때나, 불편한 사람이 있는 공간에서는 더욱 그렇다. 나한테 다가와서 말을 걸까 봐 불안하고, 빨리 그 자리를 떠나고 싶어진다. 그렇게 불편한 마음으로 시간을 소비하다가 집에 돌아오면 기절하듯 침대에 쓰러져 잠이 든다.

물고기자리여서 그런지는 몰라도, 계절에 영향을 받는 편이다. 추운 겨울에는 나도 모르게 웅크리게 되는데 그럴 때에는 내면을 채울 수 있는 책을 읽거나 명상을 하고 글을 쓴

다. 따스한 봄이 되면 연둣빛 새싹이 서서히 고개를 들어 올리듯, 나 또한 봄에 힘차게 싹을 틔우기 위해 겨울을 단단한 준비의 시간으로 보낸다.

누구에게나 겨울이 있고 봄이 있다. 나와 잘 지내기 위해서는 눈에 띄고 싶지 않은 겨울을 어떻게 보내는지가 중요하다. 그 시간은 온전히 나를 단단하게 만들 수 있는 뿌리를 내리는 시간으로 보내야 한다. 그래야 봄이 왔을 때 햇빛을 받고 꽃을 피울 수 있는 면적을 더욱 넓힐 수 있고, 여름에 태풍이 올 때에도 굳건하게 버틸 수 있기 때문이다. 타인의 인정에 허기졌던 어릴 때는 겨울의 시간을 힘겨워했고 부정하고 싶었는데. 이제는, 조금은 어른이 된 것 같다.

한숨 말고 한 걸음

"개 같은 하루만 어떻게든 버텨."

-영화 〈싱글 맨A Single Man〉

　강의가 끝나고 피드백이 좋아서 기분이 좋은 날인데도 차에 타면 한숨부터 나온다. 어떤 영상에 내향인이 미팅을 끝내고 차에 타자마자 "하아" 하고 한숨 쉬는 장면이 있었는데 그 모습이 마치 내 모습 같았다. 잔뜩 긴장하고 있던 상태에서 긴장이 풀리니 그제야 안도감을 느끼고 나도 모르게 한숨이 나온 것이다.

　밤새며 강의를 준비하고 아무것도 먹지 못한 상태로 무사히 강의가 끝나고 나면 몸과 마음의 에너지가 동시에 떨어진다. 이런 경우에는 에너지를 회복하기 위해 하얗고 폭신한 이불에 누워 쉴 준비를 한다. 전기장판을 켜고 긴장한 몸이 쉴 수 있도록 따뜻하게 만들어 준다. 그러고 아로마 오일 중에서 좋아하는 라벤더 향의 오일을 꺼내 든다. 향기로운 아로마 오일을 손바닥에 한 방울 떨어뜨리고 두 손으로 가볍게 비벼 준다. 손바닥을 코앞에 두고 깊은 호흡을 세 번 한 뒤 목과 어깨를 주무르며 뭉친 근육을 풀어 준다. 라벤더의 깊은 향이 온몸을 감싸 주는 것 같다.

좋아하는 베개를 베야만 숙면을 취할 수 있어서 이사를 십여 차례 다녔음에도 꼭 들고 다닌다. 최적의 수면 각도를 찾아 준다는 베개인데 오스트리아 너도밤나무 펄프로 만들었다고 한다. (이름부터 귀엽지 뭐야.)

너무 지쳐서 아무것도 못할 것 같을 때에는 숙면을 취하고, 조금 움직일 힘이 남아 있을 때는 반신욕을 한다. 욕조에 좋아하는 향의 바디워시를 넣어 준 뒤 물을 받아 거품이 가득하게 만든다. 거품 속으로 몸을 뉘우면 노곤한 상태가 되고 긴장된 근육이 풀리는 게 느껴진다. 장미향이 욕실에 가득히 차오르면 기분도 한결 좋아진다.

마음이 지쳤을 때에는 몸을 움직이는 일을 한다. 청소를 하거나 동네를 느리게 산책한다. 한 걸음씩 나아가다 보면 기분 좋은 바람이 내 뺨을 스치며 지나가는 게 느껴진다.

몸과 마음은 늘 나에게 먼저 말을 걸어온다. 그 소리를 잘 듣고 다른 사람을 소중하게 여기는 만큼 내 몸도 소중하게 보살펴 주어야 한다. 좋아하는 일을 오랫동안 지속하기 위한 나만의 방법이다. 무엇보다도 내가 가장 소중하다.

나만 멈추어 있는 것 같을 때

"돼지가 하늘을 볼 수 있는 유일한 방법은

넘어지는 거야."

– 드라마 〈나쁜 엄마〉

모든 사람이 SNS에서 잘 살고 있다는 생각을 한 적이 있었다. 그들의 삶은 내가 살고 있는 현실에 비해 화려해 보였다.

'내 주변에는 저렇게 멋진 사람이 없는데'

'저들은 나와는 다른 세상의 사람인가?'

이런 생각이 들 정도로 괴리감이 크게 느껴졌다. 내가 살고 싶은 집, 갖고 싶은 차, 가고 싶은 공간, 사람들이 당연하듯 누리고 있는 것들이 나에게는 당연하지 않다는 생각을 하니 내가 불쌍하고 초라해 보였다.

'나만 왜 이렇게 살까?'

이런 생각이 지우기 힘든 얼룩처럼 마음에 점차 스며들었다.

'저 사람은 나보다 예쁘고 몸매도 좋고 인기도 많아서 부럽다.'

'저 사람은 내가 살고 싶은 집에 살고 있네. 나는 언제 저런 집에 살지?'

'저 사람은 책 나온 지도 얼마 안 됐는데 베스트셀러가 됐네. 나는 언제 베스트셀러 작가가 될 수 있을까?'

하나씩 비교하기 시작하니 꼬리에 꼬리를 물었고 끝도 없었다. 비교를 하면 할수록 세상에서 내가 제일 부족한 사람 같았다. 그러던 어느 날, 나는 자발적으로 다른 사람과의 비교를 멈추기로 했다. 사람들의 삶을 부러워하는 것보다는 지금 내 현실과 삶에 집중하는 것이 중요하다는 생각이 들었기 때문이다.

그리고 성공한 것처럼 보이는 사람들도 각자의 삶에 나름의 고민이 있다는 것도 알게 됐다.

나는 오늘도 내 삶에 집중하기 위해 노력한다. 빠르게 성공하거나 성장해 보이는 것보다 매일 식물에 꾸준히 물을 주듯 지금 내가 해야 하는 일에, 매 순간의 '오늘'에 집중하는 것이 더 중요하기 때문이다.

네잎 클로버의 꽃말은 '행운'이지만 세잎 클로버의 꽃말은 '행복'이라고 한다. 가장 큰 행복이 아주 드물게 찾아오는 행운이 아니라 날마다 얻을 수 있는 기쁨이라는 말처럼, 매일 조금씩 소소하게 작은 기쁨을 만들어 가다 보면 이후 더 큰 행복이 찾아오지 않을까.

한 걸음씩 나아가는 것이
중요하다

"엄마, 그렇게 힘들었는데 어떻게 버텼어?"

"너네 얼굴 보면서, 그렇게 버텼어."

법정 스님의 『홀로 사는 즐거움』을 보면 티베트에서 중국의 침략을 피해 노스님이 히말라야를 넘어 인도에 왔다는 이야기가 나온다. 사람들은 노스님에게 물었다.

"어떻게 팔십이 넘은 나이에 이토록 험준한 히말라야를 아무 장비도 없이 맨몸으로 넘어올 수 있었습니까?"

노스님은 답한다.

"한 걸음 한 걸음 걸어서 왔지요."

유쾌하면서도 많은 생각을 하게 하는 답변이었다. 아무리 힘들고 어려운 일이라도 우선은 한 걸음씩 내딛는 것이 가장 좋은 방법이라는 생각이 들었다.

매일 작은 목표를 설정하고 그것을 하나씩 이루어 가며 작은 승리를 차곡차곡 쌓아 가는 것이 중요하다. '승적이익

강勝敵而益强'이라는 말은 내가 강의할 때에도 강조하는 말인데, 작은 승리가 쌓여서 결국 큰 승리를 거둘 수 있다는 뜻이다. 나는 큰 목표보다는 일상 속의 작고 소소한 것을 목표로 해왔었다. 그리고 그 작은 승리가 켜켜이 쌓여 지금의 나를 만들어 주었다.

영화 〈킹스맨: 시크릿 에이전트〉에 나온 "타인보다 우수하다고 해서 고귀한 것은 아니다. 진정 고귀한 것은 과거의 자신보다 우수한 것이다."는 말처럼, 어제의 나보다 조금 더 나은 사람이 되기 위해 노력하는 게 나에게는 맞는 방법이었다.

최근 가수 윤하의 〈사건의 지평선〉이라는 노래가 역주행

하며 이 노래를 해석하고자 과학에 대한 관심도 뜨거워졌다고 한다. 그에 대해 윤하는 다음과 같이 말했다.

"이 노래는 발매 당시에도 조금씩 사랑을 받았고 저는 그 순간들을 다 기억해요. 저를 잘 모르셨던 분들은 제가 갑자기 슈퍼스타가 됐다고 생각하시겠지만, 그 중간중간의 과정들이 정말 중요해요. 작은 성과들이 쌓이면 언젠가는 이해하지 못할 정도로 큰 성과로도 이어지는구나, 하지만 그 작은 성과들이 없었다면 지금의 큰 성과도 없을 거라는 걸 다시 느끼게 됐어요."

성공한 사람들은 다음 목표를 세울 때 이전에 성취한 것에 비해 지나치게 높지 않은 목표를 세운다고 한다. 그렇게 꾸준히 자신의 포부를 키워 나가는 것이다. 우리도 너무 큰 목표보다는 지금 가장 쉽고 빠르게 이룰 수 있는 작은 목표부터 하나씩, 조금씩 그 지대를 넓혀 가면 좋겠다.

일상에서 쉽게 할 수 있는 것부터 하나씩 작은 목표를 만들어 보자. 버스 탈 때 기사님한테 먼저 "안녕하세요." 하고 인사하며 만나는 사람들에게 작은 기쁨 선사하기, 아침에 책 한 페이지 읽기, 이부자리 정리하기 등 매일 반복해야 하는 것에 '작은 목표'와 의미를 부여하고 체크리스트를 하나씩 지워 보자. 그럼 어느 순간, 작은 목표들이 나만의 습관으로 바뀌고 내 삶도 어제보다 나아질 수 있을 것이다.

계속하는 것도 재능이다

생쥐 두 마리가 크림 통에 빠졌습니다.
한 마리는 금세 포기하고 빠져 죽었습니다.
다른 한 마리는 포기하지 않고
열심히 발버둥친 덕에 크림이 버터로 바뀌었고,
생쥐는 이를 밟고 기어 나왔습니다.

– 영화 〈캐치 미 이프 유 캔Catch Me if You Can〉

미국의 심리학자 에이브러햄 매슬로우의 '욕구계층설'에 따르면, 인간의 기본적 욕구 중 상위에 있는 게 인정욕구다. 이것이 다른 생명체와 인간의 가장 큰 차이이며 욕망의 크기 또한 가장 크다고 한다. 이처럼 사람마다 차이는 있지만 다른 사람에게 인정과 관심을 받고 싶어 하는 마음은 사람의 본성으로 우리 안에 자리하고 있다는 것을 알 수 있다.

사람들은 어린 시절에 칭찬받았던 기억을 토대로 성인이 되어서도 그와 관련된 일을 하는 경우가 많다. 칭찬받는 게 좋아서, 더 인정받고 싶어서 열심히 자신이 가진 재능을 뽐내려는 것이다. 칭찬이라는 평가는 사회적으로 '중요한 사람'이 되기 위한 노력을 하게 만든다. 중요한 사람이 된다는 건, 사람들의 관심과 인정을 받는다는 것의 증거이기 때문이다. 하지만 꾸준히 해오던 일이 사람들에게 관심받지 못하면, 그 일에 대한 만족도는 점점 떨어지게 된다. 나만 잘한다고 해서 타인에게 인정받을 수 있는 게 아니기 때문이다. 내가 하는 일이 '잘한다' 혹은 '멋지다' 등 타인의 평가로 인한 욕구도 채워져야 재미가 지속된다. 그렇다면 하고 싶은 일인데 못한다는 이유로 그 일을 시도조차 하지 말아야 할까? 재능이 없음을 한탄하며 이건 나와 맞지 않는 거라며 외면하면 마음이 편해질까?

나는 좋아하는 분야의 일이 눈에 띄게 잘하는 게 아니더라도 지속하기 위한 노력을 한다. 그리고 인정에 대한 욕구를 다른 방향으로 채운다. 노래하는 걸 좋아하지만 나보다 노래를 잘하는 사람은 무척이나 많다. 그렇다면 나의 인정

욕구는 어떻게 채워질까? 나는 곡을 녹음하는 모습이나, 노래를 부르며 느끼는 것들, 왜 노래를 하는지에 대한 이야기를 SNS에 꾸준히 올리고 사람들과 소통한다. 사람들은 내가 노래를 잘하지 못하더라도 노래를 하고 싶어 하는 마음을 인정해 주고 응원해 준다. 모두가 노래 실력에만 '좋아요'를 눌러 주는 것은 아니다. 실력이 조금 부족하더라도 꾸준하게 하고 싶은 것을 이어 나가는 마음도 인정받는 것이다. 꾸준한 노력과 자신을 위하는 마음은 다른 사람에게 끌림을 느끼게 한다. 공감과 관심을 얻는 방법이 꼭 최고의 실력만은 아니라는 것을 알아야 한다. 그러니 당신도 좋아하는 것을 잘하지 못해 관심을 받지 못하더라도 계속 좋아했으면 좋겠다. 계속하는 재능 또한 신이 당신에게 준 귀한 선물이다.

PART 2

모두가 외로워서
외롭지 않다

모두가 외로워서 외롭지 않다

"너도 이미 아는 걸 말해 주지.
세상은 절대 녹록치 않아. 무자비하고 더러운 곳이지.
네가 얼마나 강하든, 세상은 널 쓰러뜨리고
영원히 일어나지 못하게 짓누를 거야.
너도, 나도, 세상 누구도 삶의 주먹보다 강하지는 않아.
하지만 중요한 건 누가 강하냐가 아냐.
중요한 건 아무리 세게 얻어맞아도
꿋꿋이 버티고 앞으로 나아가는 거야.
맞아도 버티고 나아가는 것. 그게 이기는 길이야!"

- 영화 〈록키 발보아Rocky Balboa〉

여유가 있을 때는 영화를 즐겨 본다. 유튜브에 10분 내외로 짧게 정리된 영상을 보는 것도 좋아하고, 하나의 영화를 진득하게 처음부터 끝까지 보는 것도 좋아한다. 같은 영화를 두 번 이상 보는 경우는 흔치 않은데 여러 번 계속해서 본 영화가 하나 있다. 바로 〈위대한 쇼맨〉이다. 영화의 주인공 바넘은 가난하지만 꿈을 위해 대출을 받는 리스크까지 감행하면서 '바넘의 호기심 박물관'을 차린다. 거대한 기린 박제, 루이 16세의 목을 자르는 데 사용됐던 단두대 등, 기상천외한 것들을 전시하며 박물관을 열었지만 기대와는 달리 사람이 전혀 오지 않았다. 고심하던 바넘은 딸들에게서 힌트를 얻었는데 박물관에 살아 있는 무언가를 전시해야 한다는 것이었다. 유니콘이나 인어처럼 사람들이 전혀 보지 못했던 것을 보여 줘야 한다는 것을 깨닫는다.

다음 날 바넘은 신기한 특징을 지닌 일명 '별종'들을 모으는 일에 몰두한다. 얼굴에 수염이 수북하게 났지만 노래를 잘 부르는 여자 레티, 공중 곡예를 하는 흑인 남매, 전신에 문신이 생겨나는 남자, 온몸에 짐승처럼 털이 난 남자, 몸무게가 227kg인 남자, 거인처럼 키가 큰 남자 등등, 수많은 기이한 별종들이 바넘의 박물관에 찾아와 '기이한 쇼'의 단원이 된다. 바넘은 단원들의 특징에 과장을 더해 가며 쇼를 준비했고 사람들은 구름처럼 몰려들었다. 이 기이한 단원들이 부른 노래 〈This is Me〉는 지칠 때 듣는 나의 인생 곡이다. 노래를 들을 때면 일반 사람과 다르다고 손가락질 당하며 살아온 그들의 아픔과 차별로 인해 겪었을 고통이 내게도 전해졌다. 그들의 노래가 마치 내 삶의 이야기를 대변해 주는 것 같았다.

"잔인한 말들이 내게 상처가 되어 돌아올 땐 내가 홍수를 일으켜 그들을 덮쳐 버릴 거예요. 난 용감하고 단단해요. 내가 있어야 할 곳이 바로 여기죠. 이게 진정한 나니까요. 이젠 내 차례가 왔으니 모두 잘 봐요. 드럼 소리에 맞추어 당당하게 행진하며 앞으로 나아가는 내 모습, 이젠 어느 누구의 눈에 띄어도 두렵지가 않아요. 이게 바로 나에요."

노래 가사에 나온 것처럼, 사람들이 나를 이유 없이 미워해도 뒤로 숨지 않으려 한다. 오히려 더 당당하게 있는 그대로의 나를 발견하고 세상에 자랑스럽게 내보일 것이다. 있는 그대로의 나를 사랑해 주는 사람도 많다는 걸 잘 알기 때문이다.

'내 모습이 아닌 채로 사랑받을 바에는 사랑받지 않겠다.'는 말처럼 말이다. 내 곁에는 나의 가치를 인정해 주는 이들이 더 많기에 남들의 잣대 때문에 스스로 외로움을 자처하지 않으려 한다.

"사랑에는 전염성이 있다. 삶을 사랑하는 사람들과 함께하면 삶을 사랑하게 되고 죽음을 사랑하는 사람들과 함께하면 죽음을 사랑하게 된다."는 에리히 프롬의 말을 떠올려 본다.

어쩌면 우리는 타인의 비방과 날카로운 시선 때문에 더욱 깊은 동굴로 들어가고 스스로를 외롭게 만들고 있는지도 모른다. 타인의 시선이 두려워서 있는 모습 그대로의 나를 감추고 세상이 정답이라고 내놓은 기준에 맞춰 살아간다면, 우리는 누구나 외로워질 수밖에 없다. 이제 그 시선을 벗어 버리고 나의 가치를 먼저 찾아내 보자. 나의 가치를 찾아내 어 인정하면 언젠가 다른 사람도 알게 된다.

아무나 만나면 망해요

'당신을 사랑해요'라는 예쁜 꽃말을 가진 쿠루루마

'백예린의 / I'm in love' 노래와 함께 즐기세요.

– 〈커피하우스 마이샤〉에서, 꽃말이 적힌 다정한 팻말

가깝게 지내는 언니가 본인의 기도 제목을 알려 줬다.

"진향아, 언니는 기도할 때 지혜를 달라고 해. 사람을 제대로 바라 볼 수 있는 분별력과 현명함을 주시라고. 매일 그렇게 기도했더니 어느 순간 어떤 사람이 좋은 사람인지 알 것 같더라."

그 말을 듣고 집으로 돌아오면서 좋은 사람을 알아보기 위해서는 지혜로움이 가장 필요하겠다는 생각이 들었다. 살면서 가장 중요한 것 중 하나는 어떤 사람이 내 곁에 있는가이다. 나처럼 주변 사람의 영향을 잘 받는 사람은 더더욱 그렇다.

이후에 알게 된 대표님은 나에게 이런 충고를 했다.

"진향 씨, 좋은 사람을 많이 만나는 것보다 더 중요한 건 나에게 피해를 주는 사람을 한 명이라도 안 만나는 거예요. 그 사람으로 인해 내가 쌓아 온 것들을 한꺼번에 모두 잃을 수 있거든요."

어릴 때부터 누구에게나 친절하려고 노력했던 나는 '착한 사람 콤플렉스'가 있었다. 그런데 만나는 사람 모두에게 진심을 다했더니 그것을 이용하는 사람도 있었다. 필요한 것을 얻기 위해, 본인의 이득을 취하기 위해, 타인을 돕고자 하는 내 마음을 이용했다.

그런 경험을 몇 차례 겪고 나니 이용하기 위해 다가오는 사람을 구분하는 나만의 방법도 생겼다. 내가 가진 것 중에 상대방이 원하는 게 있다면 먼저 내어 주는 것이다. 좋은 사람은 받은 것에 대한 고마운 마음을 어떻게든 표현하려 한다. 작은 것이든, 큰 것이든, 그게 물질적인 것이 아니더라도 마음을 전하고자 노력한다. 그와 반대로 어울리지 말아야 할 사람은 내가 준 것을 당연하게 여기고 원래 자기의 것인 듯 포장을 했다. 고마운 마음을 표현하기보다는, 얻고자 하는 것을 가진 뒤에는 서서히 멀리 대하기도 했다. 이 방법은 시간이 조금 걸리긴 하지만 상대방에게 원하는 것을 내어 주고 난 뒤 그 사람의 태도를 살펴보면 상대에 대한 판단이 서는 확실한 방법이다.

이제는 (아직도 부족하다고 생각하지만) 누군가를 처음 만났을 때 상대방의 태도와 사용하는 언어를 보면 어느 정도 가늠이 된다. 이 사람이 나와 결이 맞는 사람일지, 오래 갈 인연일지. 사실, 상대방과의 만남이 좋지 않겠다는 것을 가장 먼저 느끼는 건 '나 자신'이다. 맞지 않을 거라는 걸 알면서도, 뭔가 찝찝한데도 지속적으로 만남을 이어 오면 꼭 문제가 생겼다.

모건 프리먼은 이렇게 말했다.

"좋은 사람과 쓰레기를 구분하려면 그에게 착하고 상냥하게 대해 주어라. 좋은 사람은 후일 한 번쯤 당신에 대한 보답에 대해 고민해 볼 것이고 쓰레기는 슬슬 가면을 벗을 준비를 할 것이다."

좋은 사람을 구분하는 방법은 생각보다 어렵지 않다. 함께 했을 때 내가 더 좋은 사람이 되고 싶다는 생각이 들게 하는 사람, 그 사람과 어울리는 사람이 되기 위해 노력하게 하는 사람이라면 좋은 사람이다.

그런 사람은 절대 놓치면 안 된다.

나는 내가 지켜야 한다

"끝이라고 느껴지는 순간이

흔히 시작이 된다."

- T.S. 엘리엇

『아웃라이어』의 저자 말콤 글래드웰은 이렇게 질문을 했다.

"우리는 성공한 사람은 모두 단단한 도토리에서 나왔다고 생각한다. 하지만 그들에게 빛을 준 태양, 뿌리를 내리게 해준 토양, 그리고 운 좋게 피할 수 있었던 토끼와 벌목꾼에 대해서도 충분히 알고 있는가?"

사람은 혼자서는 살 수 없다. 한 사람이 성공하기 위해서는 많은 사람의 도움과 희생이 필요하다. 하지만 도움을 주기는커녕 가진 것을 더 앗아 가려고 하는 사람은 빠르게 손절해야 한다. 만약 주변에 좋은 사람으로 가득하다면 이제는 그것 또한 그 사람의 실력이라고 말할 수 있다.

『죄책감 없이 거절하는 용기』의 저자 마누엘 스미스는 "우리에게는 죄책감을 느끼지 않고 '아니요'라고 말할 권리가 있습니다."라고 말했다.

모든 사람에게 사랑받고 싶다는 이유로 다른 사람의 부탁을 쉽사리 거절하지 못했던 나는 꽤나 힘들었다. 어쩔 수 없이 부탁을 들어주면 그로 인해 시간을 허비해야 했고 부탁을 거절했을 경우에는 미안한 마음이 죄책감이 되었기 때문이다.

마누엘 스미스는 내 행복을 가장 먼저 선택할 권리가 있고 우리 모두가 "아니요"라고 말할 수 있다고, 더 중요하게는 왜 아니요라고 말했는지에 대해 설명하지 않을 권리가 있다고 말한다. 거절하는 것은 꽤나 큰 용기가 필요했다. 무엇 때문에 현재 상황에서 부탁을 들어줄 수 없는지에 대해서 상대방이 이해할 수 있도록 친절하게 설명했다. 사람들은 생각했던 것보다 거절당하는 것에 대해 아무렇지 않았고, 그 누구도 거절했다고 해서 나를 비난하지 않았다. '상대방이 나를 싫어하지 않을까?' 싶은 생각으로 거절하지 못했던 지난 시간들로 삶의 대부분을 허비했다는 걸 알고 나니 '왜 좀 더 빨리 이렇게 하지 못했을까?' 하는 자책이 들었다.

손가락에 작은 상처가 났을 때 빨리 알아차리고 바로 치료를 했어야 하는데, '이 정도는 금방 나을 거야. 괜찮을 거야.' 하는 생각에 지나치고 나면 그 상처는 이후 발견했을 때 더 많은 아픔과 시간이 소요되기 마련이다. 사람과의 관계도 마찬가지이다. 작은 흠집일 때 빨리 알아차리고 치료를 하면 내가 겪는 아픔과 회복의 시간이 오래 걸리지 않지만 '에이, 저 사람이 나를 위해 그러는 걸 거야.' 하면서, 이미 알면서도 아닐 거라는 생각에 스스로를 위로하며 시간을 끌면 이후 더 큰 아픔과 힘겨움을 겪게 된다.

지혜는 고통을 먹고 자란다는 말처럼 사람과의 관계도, 인생도, 고통을 경험하는 만큼 더 성숙해지겠지.

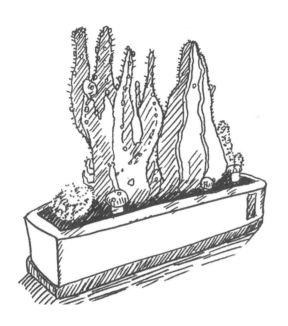

적당한 거리

"사람들은 그대를 사랑할 줄 모르지만
그대의 사랑은 이토록 진실하구나."

– ⟨Vincent⟩, Don McLean

집중력을 발휘해야 할 때는 극도로 예민해져서 날카로워진다. 이럴 때는 아무에게도 방해받고 싶지 않다. 그런데 애써 몰입한 나의 집중력을 자꾸 침범하는 사람이 있는데, 그 사람은 바로 엄마다. 많을 때에는 하루에 10통이 넘는 전화가 오기도 한다. 그럴 때면 정말 지친다. 타지에서 혼자 지내고 있는 딸에 대한 걱정이 많은 엄마의 마음을 알면서도 유독 심한 날이나 내 마음이 온전치 못할 때에는 엄마의 지나친 관심이 정말 힘겹게 느껴진다.

한계에 다다른 날, 결국 나도 모르게 짜증을 내고 전화를 끊는다. 걱정하는 엄마의 마음이 나를 침범하는 행위로 느껴졌기 때문이었다. 한껏 짜증을 내고 전화를 끊고 나면 바로 '아차' 싶은 생각이 든다.

'조금 더 부드럽게 말할 수 있었는데 엄마가 얼마나 섭섭하실까. 난 왜 이렇게 못난 딸이지.' 이런 생각에 바로 다시 엄마에게 전화를 걸었다.

"엄마, 아까 짜증 부려서 미안해. 내가 중요한 일을 앞두고 있을 때는 극도로 예민한데 엄마한테 계속 전화가 오니까 방해받는 것 같았어. 앞으로는 전화하기 전에 통화가 가능한지 문자로 한 번만 물어봐 줄 수 있을까? 나도 엄마한테 짜증 내고 싶지 않은데 그렇게 짜증 내고 나니 마음이 너무 안 좋았어."

솔직하게 마음을 이야기했더니 엄마는 서운함이 조금은 누그러지셨는지 알았다고 했다.

보통의 사람보다 지나치게 예민한 딸을 대하느라 엄마도

피곤하겠다는 생각이 든다. 그렇게 엄마와 적당한 거리를 유지하면서부터는, 아니, 내가 내 마음에 대해 정확하게 이야기하고 엄마가 나의 시간을 존중해 준 뒤로는 짜증 낼 일도 없어졌다. 오히려 내가 먼저 엄마한테 전화를 걸어 안부를 묻는 횟수도 늘어났다.

어찌 보면 서로가 더 오랫동안 좋은 관계를 유지하기 위해서는 나에게 허락된 선이 어느 정도까지인지를 정확하게 말해 주는 게 관계를 지키는 방법이 아닐까 싶다. 허락할 수 있는 범위를 알려 줘야 상대도 나의 허용 범위를 인지하고 조심할 수 있기 때문이다. 가까운 사이일수록 더 지켜져야 하는 마음의 거리, 오늘도 이 마음의 거리에 융통성을 발휘하기 위해 노력해 본다.

미안하다고 했더니
괜찮다고 말했다

"내 인생 네 소품 아니야.

내 인생의 주인공은 나야.

난 태어나서 한 번도 내가 주인공 아닌 적 없는데

당신만 내 인생을 소품 취급해. 알아?"

– 드라마 〈런온〉

겨울이 되면 제주에 사는 친구에게서 비타민이 가득한 귤이 선물로 온다. 고마운 마음에 어떻게 해야 상하지 않게 오래 두고 먹을 수 있는지 검색해 봤다. 소금물에 깨끗하게 씻어 서로 닿지 않게 거리를 띄워 보관하면 된다는 답을 얻었다. 귤이 서로 맞닿아 있으면 껍질에 있는 에틸렌이라는 성분이 수분 분비를 촉진시켜 곰팡이가 빨리 피게 된다고 한다. 꼭 사람과의 관계 같다. 너무 가깝지도 멀지도 않아서 오래 가는 우리의 관계처럼 말이다.

몇 년 전, 급속도로 가까워진 언니가 있었다. 시도 때도 없이 문자와 전화가 와서 언니의 관심이 부담으로 느껴졌다. 그래서 언니에게 조심스레 말을 꺼냈다.

"언니, 저도 언니가 좋은데 저는 천천히 물들듯이 가까워지는 게 좋아요. 너무 빨리 친해지면 조금 부담이 돼요."

그러자 언니는 알겠다며 흔쾌히 내 생각을 받아들였다. 이후 언니와의 관계는 자연스럽게 물 흐르듯 이어 갈 수 있었다. 언니는 그때 내가 그렇게 말해 줘서 고맙다고 했다. 만약 말하지 않았다면 본래의 성향대로 행동했을 테고 결국엔 우리는 멀어졌을지도 모르니까. 내 마음을 이해해 주고 천천히 나와의 호흡에 맞춰서 다가와 준 언니한테 고마운 마음이 들어 더 잘하게 됐다. 나와의 관계에 대한 배려와 존중이 느껴졌기 때문이다.

사람은 모두 타인으로부터 자신을 보호할 수 있는 '심리적 거리'를 필요로 한다. 심리적 거리는 타인의 침입과 간섭으로부터 자신의 세계를 보호함으로써 스스로의 정체성을 지키고 자신의 내부에 있는 공격성과 파괴적 욕구가 밖으로 튀어나가 상대방을 해치는 것을 막기 위해 필요한 거리이다. 상대방이 다가오고 싶다고 해서 나와의 거리를 무작정 허용해 주면 참고 있던 인내심이 나도 모르게 어떻게든 표출될 수 있는 것을 말한다.

어항 속 금붕어가 너무 예뻐서 밥을 자주 주면 배가 터져 죽는다고 한다. 물을 많이 필요로 하지 않는 선인장도 물을 과하게 주면 썩어 버린다. 관계를 맺고 관심을 쏟는 것에도 각자의 속도와 일정량이 있다. 지나친 관심이 나를 아프게 하고 극도의 무관심은 나를 외롭게 만들지만, 자신의 욕망을 적절히 조절할 수 있다면 서로에게 미안할 수도 있는 일이 괜찮은 일이 될 수 있다.

관계에도 비용이 필요하다

"행복한 가정은 모두 고만고만하지만,
무릇 불행한 가정은 나름나름으로 불행하다."

-『안나 카레니나』, 레프 톨스토이

누군가와 약속이 정해지면 그 순간부터 만남에 대한 준비로 시간과 에너지를 쓰게 된다. 어디에서 만나면 좋을까, 선물은 어떤 거로 할까 등을 떠올리며 시간을 흘려보내다 보면 어느새 약속 전날이 된다. 상대방이 기뻐하는 모습을 떠올리며 작은 선물과 손편지를 준비한다. 그간의 추억을 떠올리며 고마웠던 순간들을 하나씩 꾹꾹 눌러 적으며 마음을 담는다.

사람과 관계를 맺는 순간부터 나를 향하던 에너지의 일부가 그 사람에게로 향하게 된다. 관계를 맺는다는 것은 나의 시간과 에너지, 비용을 어느 정도 상대방에게 할애할 의사가 있다는 것을 의미하기도 한다. 특히 마음이 가는 상대에게는 내가 가진 것을 모두 주어도 아깝지 않다. 상대방이

기뻐하는 모습에 나 또한 기뻐하며 이 정도의 지출은 괜찮다며 스스로를 다독인다. "행복은 남에게서 받는 게 아니라 내가 남에게 주는 것"이라는 말처럼, "남에게 어떤 행동을 했느냐에 따라 그의 행복도 결정된다. 남에게 행복을 주려고 했다면 그만큼 그 자신에게도 행복이 돌아온다."는 플라톤의 말을 떠올리며 주는 것의 행복을 마음껏 누린다. 진정한 행복은 더 많이 나눌 때 비로소 느낄 수 있다는 것을 잘 알기 때문이다.

하지만 모든 사람에게 관심을 주고 마음을 내어 줄 수는 없다. 나의 시간과 에너지가 한정되어 있기 때문이다. 현실적으로 누군가를 만나서 카페에 가거나 식사를 한 끼 하더라도 '돈'이 필요하다. 단순히 시간과 에너지만 들어가는 것이 아니다. 그래서 다른 사람에게 내어 주는 시간과 에너지를 조금 더 효율적으로 사용해야 한다.

시간과 에너지를 사용할 대상에 나만의 기준을 두기로 정했다. 무턱대고 아무에게나 내어 주던 나를, 이제는 남다른 '가치'를 지닌 사람에게만 내어 주기로 마음먹었다. 그렇지 않고서는 내가 너무 빨리 소진될 것 같았기 때문이다.

그렇게 하다 보니 미처 생각하지 못했던 것이 보였다. 만남을 갖는 누구에게나 동일하게 마음을 주는 것보다는 한정된 사람에게만 주었을 때, 받는 사람도 나와 함께 하는 시간을 더 의미 있고 가치 있다고 여긴다는 점이었다.

모든 사람은 타인의 존중을 본능적으로 느낀다. 그리고

누군가에게 특별한 사람이 되었다는 것은 나의 가치를 인정받는 느낌이 들기에 더 좋은 관계를 형성할 수 있다.

보다 깊은 관계를 만들어 가기 위해서 누구에게나 내어 주는 내가 아닌, 한정된 몇 명에게만 나를 내어 줘 보자. '특별함'이 부여된 만남은 서로의 기억 속에 더 오래 남을 수 있을 것이다.

상처는 언제나 가까운 사람이 준다

"참 좋은 인연이다, 귀한 인연이고.

가만히 보면 모든 인연이 다 신기하고 귀해.

갚아야 돼. 행복하게 살아. 그게 갚는 거야."

– 드라마 〈나의 아저씨〉

"쿨하다는 것은 한없는 상냥함이야. 그것은 질척대는 삶의 중력권 밖에 있다는 얘기거든. 그건 살아 있는 사람들에게는 절대 허락되지 않는 거야. 살기 위해서는 일상에 신음하기 마련이니까."

김별아의 소설『이상한 오렌지』에 나오는 내용이다.

나는 내가 나름 쿨하다고 생각했다. 상대방과의 관계로 인해 상처받을 일은 없을 거라 믿었다. 하지만 나의 마음은 때때로 유리 같아서 타인으로 인해 조금씩 금이 갔고 와장창 깨지는 일도 허다했다.

다양한 사람들과 관계를 거듭해 나갈수록, 진심을 다했을 때 내가 받는 느낌이 '존중'이 아니라면 좋은 관계가 성립되지 못한 것이란 사실을 알게 됐다. 그리고 그런 상대방의 마음을 빨리 알아차리는 것이 스스로를 아끼고 존중해 주는 첫 번째 사랑이라는 것 또한 배웠다.

상처는 언제나 가까운 사람이 준다. 너무 가까워져서 편해지면 상대는 긴장을 풀고 본래의 모습을 보여 준다. 그럼 이제 내가 선택해야 할 차례다. 이 사람의 본 모습을 보고도 관계를 지속할지, 아니면 무례한 행동을 감내하며 계속 만남을 이어 갈지 말이다.

이럴 때 가장 좋은 방법은 서서히 멀어지는 것이었다. 서서히 그 사람과의 거리를 조율해 가며 점점 멀어지는 것, 그리고 가끔 만났을 때 반갑게 인사하는 것. 사람의 속내는 들여다볼 수 없어서 매번 참 어렵다. 가끔은 상대방이 어떤 생각으로 나에게 이런 행동을 했을까? 하는 생각에 밤잠을 설치기도 한다.

친하다고 생각한 언니의 게시글에 "너무 예뻐요, 언니." 라며 댓글을 남겼었다. 그런데 언니는 "고마워요."라며 무심하게 답변을 남겼고 다른 사람의 댓글에는 이모티콘을 써서 성심성의껏 남겼다. 그 사실을 확인하지 않았다면 조금 덜 섭섭했을 텐데, 다른 사람과의 과도한 온도 차에 마음이 내려앉았다. 내가 뭔가 잘못한 게 있는 건지, 언니가 왜 그럴까에 대한 생각으로 하루 종일 신경이 쓰였다. 그런데 언니는 내 스토리를 계속해서 보고 있었다. 이쯤 되니, '내가 예민해서 혼자 그렇게 생각한 게 아닐까' 싶은 생각이 들었다. '혼자만의 오해가 아닐까' 하는 생각으로 마무리 짓기로 했다. 상대방의 작은 행동으로 인해 상처받을 이유가 없다는 것을 알았기 때문이다.

상대방에게 온전히 마음을 다했다면, 나의 마음을 전했다면, 이후 어색한 사이가 되었을 때 더 불행한 사람은 누구일까. 감정이 요동치는 것은 아마도 상대방이 아닐까. 마음을 아낌없이 전한 사람은 관계에 대해 후회가 없기 때문에 미련이 남지 않는다.

상대방과 내 생각이 다르다는 것을 인정해야 한다. 너와 내가 다르듯, 너와 내가 생각하는 것도 다르기에. 그렇게 혼자만의 오해를 스스로를 위해 덮어 두기도 한다.

참 적당한 배려

"당신은 좋은 사람입니까?"

– 영화 〈증인〉

카페에서 회의를 하던 중 점심시간이 다가왔는데도 지인
과 나는 다음 미팅이 있어서 식사를 할 시간이 여의치 않았
다. 배가 고파 샌드위치를 하나 시켜 두 쪽으로 나눠 상대방
에게 건넸다. 나는 샌드위치를 먹을 때 한입에 먹기가 힘들
어 속에 있는 재료부터 하나씩 빼서 먹는다. 포크로 닭가슴
살, 야채를 빼서 먹고 나니 이제야 두꺼웠던 샌드위치가 날
씬해졌다. 한입에 먹으려고 들어 올리려는 순간, 상대방은
"그거 먹지 말고 제 거 드세요."라며 내 샌드위치를 가져가
고 본인 것을 내밀었다. 순간 상대방의 배려에 대한 감동보
다는 나만의 방식으로 샌드위치를 즐길 준비를 하고 있었는
데 뺏겼다는 생각이 들었다.

"이거 제 거예요. 뺏어 가지 마세요."

나도 모르게 튀어나온 말이었다. 상대방의 입장에서는 내

가 속재료를 좋아하는 것 같으니 본인 것을 먹으라고 양보
해 준 건데, 나를 위한 배려가 나에게는 배려가 아니었다.

어린 시절에 엄마는 내 숟가락 밥 위에 반찬을 올려 주시
곤 했다. 그때도 나는 내가 알아서 먹겠다고 말했었다. 엄마
의 챙겨 주고 싶은 마음은 알지만, 새하얀 밥을 하얀 채로 깔
끔하게 먹고 싶었기 때문이다. 반찬의 양념이 밥 위에 얹어
지는 순간, 밥에 빨간 고춧가루나 간장 양념이 묻는 게 싫었
다. 어차피 뱃속에 들어가면 다 하나가 되는 건 마찬가지이
지만 먹을 때만큼은 각각의 음식이 주는 맛을 고스란히 느
끼고 싶었다. (지금 생각해도 참 까다롭고 이기적이다.)

이쯤 되니 내가 했던 행동이 떠오른다. 다이어트하고 있

는 사람에게 빵이 맛있으니 하나만 먹어 보라고 강요해서
결국 그 사람의 의지를 꺾어 가며 먹인 적이 있었다. 그때는
맛있는 빵을 나눠 먹고 싶은 마음이었는데 생각해 보니 정
말 이기적인 태도였다. 다이어트 중인 사람에게 탄수화물을
억지로 먹이는 게 상대방을 위한 배려가 맞는지 싶은 생각
이 든다.

서른이 넘고 내 분야에서 나름의 전문성이 생기고 나니
나를 멘토로 생각하고 찾아와 주는 고마운 동생들이 생겼다.
노력하는 모습이 예뻐서 좀 더 잘 되었으면 하는 마음에 나
도 모르게 조언을 하게 된다. (나나 잘할 것이지.) 헤어지고
집에 돌아오는 길에 왠지 모르게 찝찝한 마음이 들었다. 내
가 하는 말을 메모도 하고 조언해 줘서 고맙다고 하는 착한

동생들에게, 잘하고 있는데 칭찬을 먼저 해주지 못하고 왜 조언부터 하려 했을까. 이게 꼰대 아닌가 싶은 생각에 메시지를 보낸다.

"A야, 오늘 언니가 꼰대처럼 굴었던 것 같아. 우리 A는 지금도 너무 잘하고 있어. 언니가 늘 응원할게."

그냥 얼굴을 마주하고 즐거운 이야기만 하기를 바랐을지도 모르는데 괜히 불편한 조언을 한 것은 아닐까 싶은 생각이 든다.

누군가를 위한 조언이나 배려도 상대가 원하지 않을 때에는 간섭으로 느껴질 가능성이 크다. 생각해 보면, 나도 누가 나를 생각해서 해준 말에 기분이 나쁠 때가 있으면서 나는 왜 그렇게 하고 있는 걸까 싶다.

어쩌면, 자신의 결정이 옳다는 것을 이미 잘 알고 있지만 "잘했어." 혹은 "지금도 너무 잘하고 있어."라는 응원이 필요한 것일 수도 있다. 사람마다 각자의 삶과 생각이 다르기에 배려에 대한 영역도 분명히 다를 수밖에 없다. 내가 샌드위치 하나로 기분이 상했던 것처럼, 다른 사람도 사소한 무언가에 마음을 다칠 수 있다는 것을 알아야 한다. 좋은 것도 적당한 거리를 재어 가며 필요가 느껴질 때 상대방에게 건네야 무례한 사람이 되지 않는다.

그런 게 친구라면
난 친구가 없네

"하루에 5분. 5분만 숨통 트여도 살만하잖아.
편의점에 갔을 때 내가 문 열어 주면
"고맙습니다." 하는 학생 때문에 7초 설레고,
아침에 눈 떴을 때, 아 오늘 토요일이지? 10초 설레고…
그렇게 하루 5분만 채워요.
그게 내가 죽지 않고 사는 법."

– 드라마 〈나의 해방일지〉

십 년도 더 지난 일이다. 저녁에 초청받은 행사가 있었는데 몸이 너무 안 좋았다. 고민 끝에 초대해 준 K대표에게 몸이 안 좋아서 못 갈 것 같다고 죄송하다고 연락했다. 그러자 K대표는 서운함을 토로했다.

"나는 진향 씨를 위해서 소개해 주고 싶은 사람들한테 온다고 말해 놨는데 이제 와서 못 온다고 하다니…"

약간의 감정이 섞인 말이었다.

이 문자를 받고 미안한 마음이 컸지만 한편으로는 섭섭한 마음도 들었다. '내가 아프다고 사정을 말했는데도 이렇게 기분 나빠 하다니, 생각해 주는 마음은 너무 고맙지만 그래도 나를 생각한다면 몸이 얼마나 안 좋은지 먼저 물어봐 주면 좋을 텐데…'

아프면 마음이 약해진다고 했던가. 상대방에게 위로받고

싶은 마음이 앞섰는지 상대방보다 나부터 생각하게 되었다.

돌아보면 불편한 상황이나 좋지 않은 마음에도 초청받은 자리에 참석한 적이 있었다. 그럴 때는 초대해 준 사람의 체면을 살려 주기 위해, 혹은 '전에 상대방이 나를 도와주었으니 나도 필요한 상황에 당연히 도와주러 가야지' 하는 마음이었다. 어떻게 보면 의리이고 어떻게 보면 계산적인 상황이었다.

고등학교 때 친했던 여자친구와 남자친구를 소개해 준 적이 있었다. 이후 두 친구가 썸이 있다는 것을 남자친구를 통해 알게 됐는데 섭섭했다. 여자친구에게 왜 말 안 해줬는지에 대해 물으니 친구는 "너랑 A의 관계가 있듯이 나와 A

의 관계도 있는 거야."라며 둘 사이의 관계에 끼어들지 말라는 식으로 말했다. 당시에는 그 말이 충격적이었고 이해가 안 갔는데 성인이 되고 나서 이제는 이해할 수 있게 됐다. 내가 누군가를 서로 소개해 줬다고 해서 그 사람들의 관계까지 관여할 필요는 없다는 것이다. 관계의 주체는 당사자라는 것을 잊지 말아야 한다.

막 사회에 뛰어들어 여유도 없이 바쁘게 살 때 친구한테 온 연락 한 통이 가슴을 답답하게 만들었다. "너는 어떻게 먼저 연락 한 통이 없니?"라며 섭섭함을 토로하는 말이었는데 다른 변명을 하고 싶지 않았다. 마음 같아서는 '그렇게 내 연락이 그리웠으면 네가 먼저 하면 되잖아.'라고 말하고 싶었지만, 그런 말조차도 시간과 감정 낭비인 것 같아서 "미안해. 많이 바빴어."라고 말하고 말았다.

상대방의 안위는 묻지도 않고 본인의 섭섭한 감정만 토해 내는 친구가 정말 좋은 친구가 맞을까. 편한 친구 사이라면 이렇게 말했을 것 같다.

"진향아 안 그래도 네 소식이 궁금했어. 잘 지내고 있지? 요즘 활동은 SNS에서 잘 보고 있어. 언제나 앞을 향해 나아가는 도전적인 네가 정말 멋지고 내 친구여서 자랑스럽다."

상대방의 마음을 헤아리는 친구보다 본인의 감정을 먼저 표현해서 불편하게 만드는 친구는 생각보다 많다. 그런 친구를 보면 나 역시 상대방에게 나의 섭섭한 마음을 알아 달라고 말하고 있지는 않은지 뒤돌아보게 된다.

소심한 관종으로 살았더니
인생이 편해졌다

"가장 완벽한 계획이 뭔지 알아?

무계획이야.

계획을 하면 모든 계획이 다 계획대로 되지 않는 게

인생이거든."

- 영화 〈기생충〉

　나와 함께 하는 시간이 상대방의 가슴속에 따사로운 빛을 주는 시간으로 기억되면 좋겠다. 어느 날 친구와 급 약속을 잡았다. 이른 아침이라 식사를 못 했을 것 같아서 자주 가는 카페에서 대파 감자 스프를 주문해서 함께 먹었다. 친구는 아침에 따뜻한 스프를 먹으니 몸과 마음이 따뜻해지는 것 같아서 좋다고 했다. 나도 마찬가지였다. 따스한 음식을 나눴더니 그 음식의 온기가 따뜻한 말이 되었고 서로의 가슴에 행복한 온기로 남아 주었다.

　친한 언니가 해준 말이 있다.
　"진향아, 언니가 너한테 많은 감동을 받았었어. 굉장히 많지만 진향이가 항상 감동인 이유가 뭐냐면, 상대방을 대할 때 항상 온전하게 네 마음을 앞에 있는 사람한테 다 줘. 그게 사람한테 감동으로 다가오거든. 인간의 본능이 사랑받고 싶은 거잖아. 그런데 그 사랑을 받는 것 중에 가장 큰 부분이 함께하는 시간에 온전히 나를 바라봐 주는 건데 그게 진향이의 표정을 통해서, 눈빛을 통해서, 에너지를 통해서, 다 느껴지더라고. 그래서 아마 너를 만난 사람들은 나처럼 치유된 느낌이 아닐까? 에너지가 채워진 느낌이 아닐까? 하는 생각이 들어. 사랑받고 싶은 본능이 있기 때문에 나 자신과 가족, 많은 사람과의 관계 속에서 사랑을 받기도 하고 주기도 하면서 자존감, 나의 존재 가치, 이런 것들을 확인한다고 생각해. 그래서 우리는 그것을 느낄 수 있게 해주는 사람을 많이 만나는 게 나를 사랑하는 방법인 것 같아."

　우리는 살아가며 다양한 사람들과 관계를 맺고 있고 앞

으로 더 많은 사람과 관계를 맺을 것이다. 나에게 상대방이 얼마만큼 본인의 시간과 에너지를 집중하고 있는지를 아는 것이 중요하다. 누군가를 만났을 때 내 에너지가 채워지는 느낌이 든다면, 그것은 상대방이 나에게 온전히 마음을 건네주고 있다는 것을 기억해야 한다.

〈사랑의 이해〉라는 드라마에서 "난 그런 다정함을 지능으로 보거든. 상대를 안심시키는 반듯함 같은 거."라는 대사가 있다. 점점 각박한 세상에서 살아남는 건, 결국 다정한 사람이 아닐까. 당신에게 한없이 다정한 사람으로 남고 싶은 날이다.

인간관계란말이

"사장님~ 김치찌개 둘이요~
아, 그리고 계란말이 하나 추가할게요."

사람은 누구나 태어남과 동시에 타인, 즉 부모의 관심으로 살아남는다. 배가 고프거나 몸이 아픈 상황을 울음으로 표현하고 동시에 생존에 필요한 보살핌을 받는다. 그래서 머릿속에 '관심'을 받는 것이 생존 수단이라고 프로그래밍 된다. '관심'은 시간이 지날수록 가족을 넘어 친구와 선생님, 동료와 리더, 그리고 사회의 불특정 다수로 확장된다. 자신이 원하는 관심이 그에 맞는 피드백으로 돌아올 때 우리는 큰 희열과 살아 있음을 느낀다. 관심을 받는 일은 이렇듯 삶의 활력을 높여 주는 데 큰 역할을 하고 사람은 관심받는 것을 더욱 필요로 하는 것에 익숙해져 간다.

타인의 인정과 관심은 그토록 필요로 하면서 우리 스스로에게는 얼마나 관심을 주고 있는지 생각해 볼 필요가 있다. 울음으로 자신을 표현하던 아이가 자라 밥벌이를 할 수 있는 어른이 되면서 관심의 방향도 바뀌게 된다. 어린 시절에는 타인의 관심으로 생존할 수 있었다면 어른이 되고서는 스스로에게 갖는 관심이 안온함을 준다. 수많은 친구 리스트와 끝도 없이 오는 메시지로는 절대 안정감을 얻을 수 없다. 오히려 불안감은 점차 커지고 내가 아닌 나로 살아 숨 쉬게 된다. 그다지 중요하지 않은 사람들의 기대를 채우느라 정작 가장 중요한 나를 잃어 간다.

한식집에 가면 빠지지 않고 나오는 메뉴가 있다. 모두가 친근하게 좋아하는 반찬, 계란말이이다. 그런데 이 계란말이는 만인에게 큰 사랑을 받고 있음에도 메인 메뉴가 될 수는 없다. (요즘 계란말이를 따로 파는 곳도 있지만, 그 또한 정식에 추가 주문을 해야 가능한 곳이 많다.)

인간관계란말이, 이와도 같다. 타인과의 관계가 사실 알고 보면 별거 없다. 내가 있어야 다른 사람과의 관계도 있는 것이기에, 관계에 있어서 절대적으로 내가 주체가 되어야 한다. 타인과의 관계는 계란말이이다. 결국에는 나와의 관계가 메인 메뉴라는 것을 잊지 말자.

PART 3.

내성적인 게 아니라
내향적입니다

틈틈이 행복해져요

"너와 함께한 시간 모두 눈부셨다.

날이 좋아서,

날이 좋지 않아서,

날이 적당해서 모든 날이 좋았다."

– 드라마 〈도깨비〉

　가까운 시장에 들러 이것저것 구경을 하던 중 익숙한 냄새가 코를 찔렀다. 냄새의 방향을 찾아 이끄는 곳으로 가보니 뻥튀기 냄새였다. 어릴 때 엄마 손잡고 시장에 갈 때 "뻥이요~" 하는 소리와 함께 큰 소리가 들렸던 그때의 추억을 떠올리며 한 봉지를 구매했다. 사장님은 방금 나온 뜨끈한 뻥튀기 두 개를 내 손에 건네주었다. 아무 생각 없이 받아 든 동그란 뻥튀기를 가운데 끝 부분부터 한 입 베어 물었다. 빠삭~ 하며 입모양이 남았다. 그 모양을 이어서 하트 모양을 만들었다. 나도 모르게 나온 행동이었다. 동그란 뻥튀기일 뿐이었는데 거기에 '사랑'과 '재미'를 보탰더니 '의미'가 생겨났다. 하트 모양 뻥튀기를 보니 행복해졌다. 행복은 멀리 있지 않고 지금 내가 있는 이 자리에서 행복하기로 마음먹으면 된다는 생각에 입가에 미소가 지어졌다.

중국 속담에서는 세 가지 행복에 대해 이렇게 말한다.

"행복은 할 일이 있는 것,

바라 볼 희망이 있는 것,

사랑할 사람이 있는 것."

사랑할 대상은 사람에 국한되어 있지 않다. 나처럼 지금 있는 자리에서 사랑에 대해 생각하고 사랑을 표현하면 더 행복해질 수 있다. 동그라미를 사랑으로 만든 것처럼 말이다.

얼마 전 3시간 정도의 미팅을 끝내고 C대표가 통화를 하는 동안 창문에 기대어 무심코 하늘을 바라봤다. 새파란 바다 같은 하늘은 구름 한 점 없는 완벽한 파랑이었다. 멍하니 바라보니 '행복 참 별 거 없는데…' 하는 생각이 들었다.

우리는 행복을 구하기 위해 매일을 바쁘게 살아가면서, 왜 바로 눈앞에 있는 행복은 보지 못하고 멀리 있는 행복만을 쫓는 걸까. 사실, 정말 원하는 것은 늘 그렇듯 우리의 눈앞에 고개만 들면 있는 건데 말이다.

행복과의 거리를 너무 멀리 두지 않으면 좋겠다. 지금 나에게 주어진 것을 하나씩 차례대로 떠올려 보면 그 속에 담긴 행복의 의미를 찾을 수 있을 테니 말이다.

도망치는 것이
도움이 되기도 한다

"나 이제 그만 노력할래.

최선을 다하는 것도 이제 지겹다."

– 드라마 〈슬기로운 감빵생활〉

십 년 넘게 인연을 이어 온 가족 같은 언니가 있다. 서른일곱의 내 생일을 앞두고 언니가 연락이 왔다.

"진향아, 블로그를 봤더니 이날이 7년 전이래."

언니는 나와의 추억이 담긴 영상의 링크를 보내왔다.

"언니 그리고 보면 시간이 참 빠르게 흘러가는 것 같아."

"나도 그런 것 같아. 시간이 빠르다는 건, 그만큼 열심히 살았다는 증거라는데."

"나는 요즘 조금 나태해진 것 같아."

"나도 그래 ㅋㅋ 너무 열심히 살아서 그래. 가끔 이렇게 나태함이라는 쉼표로 찾아오나 봐."

"언니, 좋은 말이다."

"그렇게라도 와야지, 쉼이."

"완전 공감."

"우리 이번에 만나면 쉼을 하자."

약속대로 얼마 뒤 우리는 우리만의 쉼표를 찾기 위해 비가 차분히 예쁘게 내리던 날, 파주 헤이리 마을로 향했다. 맛있는 음식과 그간의 밀린 대화를 느긋하게 나누고 우리 동네로 향했다. 언니가 8년이나 다녔던 회사를 그만두게 됐다는 말에, 그 용기를 응원해 주고 싶었다.

자주 방문하는 플라워샵에 가서 꽃다발을 주문했다.
"친한 언니인데 이번에 퇴사한다고 해서 퇴사 축하 꽃다발을 선물하고 싶어요!"
언니가 좋아하는 꽃을 하나씩 고르고 잠시 후 시그니처 꽃다발이 완성됐다. 언니는 꽃다발을 받아 들고 폴짝폴짝 뛰며

환하게 웃었다. 기뻐하는 모습에 나도 행복해졌다. 하지만!
아직 선물은 끝난 게 아니다. 끝날 때까지 끝난 게 아니라고
하지 않던가. 이번에는 단골 서점으로 언니를 데려갔다.

"와~ 나 동네 서점은 처음 와봐." 하며 설레어하는 언니
에게 책을 고르라고 했고 언니는 한 권의 책을 집어 들었다.
계산할 때 내 카드를 내밀며 "언니 퇴사 선물이야."라는 말
을 건넸다. 8년 동안 언니가 얼마나 그 일에 진심으로 임했
는지 잘 알고 있었다. 그렇게 일이 전부였던 언니가 퇴사한
다는 건, 그만큼 꾹꾹 눌러 참고 있었던 힘겨움이 터져 나온
거라는 걸 굳이 말하지 않아도 느껴졌다. 언니의 그 용기에
박수와 응원을 보내고 싶었다. 그리고 더불어 언니의 새로운
시작도.

선물을 할 때는 '줄줄이 비엔나'처럼 하나로 끝나는 게 아니라 열어 보니 또 선물이 있는 형식을 좋아한다. '연쇄 선물'이라고 부르는 나만의 이벤트 방식이다. 언니는 헤어지며 "진향아, 언니가 너 생일 밥 사주고 축하해 주려고 만난 건데… 오히려 내가 더 많이 받고 가네. 고마워." 하며 나를 향해 예쁜 말을 건네며 떠났다. 쉼표는 그 자체로도 충분히 좋지만 좋은 사람과 함께 함으로써 좀 더 완전해지기도 한다.

번아웃 이겨내기

나 또 번아웃 왔어…
요즘에 번아웃이 어딨냐~?
번아웃 올 정도면 진짜 맘 편한 거야~
그래도 나는 그분이 왔다…

이십대에는 수동적으로 다른 사람이 지시하는 일을 하는 경우가 많았다. 그렇다 보니 번아웃도 자주 왔다. 정말 하기 싫은 일도 상사가 지시하면 무조건 완료해야만 했기 때문이다. 무언가를 억지로 해야만 했다면 다음 작업을 할 때, 자기 통제력을 발휘할 의지나 능력이 줄어들게 된다. 이러한 현상을 '자아 고갈'이라 한다. 자아 고갈 현상이 나타나면 나는 주도적으로 할 수 있는 일을 찾았다.

사람들과의 만남을 기획하는 걸 좋아했는데 연말 파티, 단체 프로필 촬영, 시크릿 파티, 커피 토크쇼 같은 것을 만들었다. 사람을 좋아했고 무대를 만들어 그 위에 올라가는 것도 좋아했기 때문에 가능한 일이었다. 직접 진행한 모임이 무사히 잘 끝나고 나면 해냈다는 성취감이 기분 좋게 만들었다. 이렇게 이십대에는 사람과 함께 어울리며 번아웃을 이겨냈다면 삼십이 넘은 지금은 홀로 시간을 보내며 번아웃을 이겨낸다. 글감이 안 떠오를 때는 억지로 쓰려 하지 않는다. 대신 쓰고 싶은 게 떠오를 때까지 책을 읽거나 산책을 한다.

동네에 새로 오픈한 독립 서점을 검색해서 방문하고 산책을 하며 스스로를 환기시켰다. 변화하는 성격에 따라 번아웃을 이겨내는 방식도 바뀌고 있었다.

최근에는 설탕이 많이 들어가서 안 먹었던 아이스크림을 하나씩 사 먹고 있다. 에디션을 모으듯, 하겐다즈 아이스크림을 편의점에서 맛 별로 하나씩 먹는데 그런 작은 설렘을 일부러 가까운 곳(편의점)에 놓아두고 온다. 아껴 두었다가

다음에 방문할 때 그 설렘을 하나씩 꺼내 오고 싶어서.

　몇 년 전 제주를 지독히도 사랑해서 그곳에 살기 위해 집을 알아보기도 했다. 그런데 제주에 살고 있는 언니와 대화를 나누며 알게 됐다. 여행지는 설레는 곳으로 남겨 두어야 한다는 것을 말이다. 설렘을 주던 장소가 일상이 되어 버리면 일상에서 지쳤을 때 내가 도망칠 곳이 없어져 버린다는 것을. 그래서 제주도는 여행으로만 방문해야겠다고 마음먹었다.

　'익숙함'에 속아 소중한 것을 못 보는 지금처럼, 가장 소중한 것은 소중한 대로 그렇게 그대로 남겨 두었을 때 가장 아름답다는 것을 알았다.

내성적인 게 아니라
내향적입니다

"너희들한텐 당연한 거겠지만
잘 보고, 잘 걷고, 잘 숨 쉬는 거
우리한텐 그게 당연한 게 아니야.
되게 감사한 거야."

– 드라마 〈눈이 부시게〉

"인기가 많으면 어떤 기분인가요?"라는 질문을 받았다. 그렇게 인기가 많은 편이 아닌 나도 지금 이 정도로 스트레스를 받는데 정말 인기가 많은 사람들은 얼마나 많은 관심과 연락을 받을까. SNS에 팔로우가 늘어나면서 느낀 건, 늘어나는 팔로우의 수만큼 내 시간도 그만큼 뺏기게 된다는 점이다. 쓰지 않아도 되는 에너지를 쓰기 때문에 피로감을 더 자주 느끼기도 한다. 그래서 적절히 나를 노출하는 게 필요하다는 생각이 들었다.

유명 연예인 A와 나눴던 대화가 기억에 남는다.

"저는 이 일 안 했으면 SNS도 안 했을 거예요. 굉장히 외향적이라, 오프라인에서 사람들 만나느라 할 시간이 없거든요."

생각해 보니 그 사람 말이 맞았다. 외부활동을 하는 만큼 혼자만의 시간이 부족하다 보니 SNS에 올리는 게시글 수도 줄어들 수밖에 없기 때문이다.

이따금 온라인에서 활발하게 활동하는 나를 보며 굉장히 외향적일 거라고 말하는 사람들을 만난다. 하지만 실제로 만나면, 의외로 말수가 적은 내 모습에 놀라는 사람도 있었다. 나는 사람을 만나서 말하는 거보다는 글로 생각을 표현하는 게 더 편한 사람이다. 온라인에 글을 쓸 때 친한 친구에게 재잘거리듯 다정하게 쓰다 보니 사람들은 나를 붙임성 좋은 친근한 성격이라고 오해하곤 한다.

글쓰기를 하다 보면 생각보다 에너지를 많이 쓰게 된다.

그만큼 배도 빨리 고파진다. 삼시세끼를 꼬박 다 챙겨 먹고도 그 사이에 허기를 달래고자 간식까지 챙겨 먹는다. 어느 날은 친구랑 대화를 하며 "요즘 내가 글쓰기에 집중하다 보니 배가 자주 고파지네."라고 말했는데 친구가 "어우~ 그럼. 에너지가 많이 쓰일 텐데." 하며 공감을 해줬다. 내가 하는 일을 직접 해보지 않은 사람에게는 이해를 바라지 않는다. 그저 '공감'만 바랄 뿐이다. 그리고 '이해'를 바라지 않기 때문에 대화의 흐름이 매끄러울 수 있다.

가끔은 내가 하는 일에 대한 이해를 바랄 때도 있었다. 그럴 때면 대화의 흐름이 끊기거나 서로의 감정이 상하기도 했다. 우리는 각자의 세상에 살고 있기 때문에 타인을 완전히 이해할 수 없다. 내가 하는 일에 대한 이해를 바라는 순간

섭섭함이 몰려온다. B대표에게 진행 중인 작업에 대한 일부를 보냈다. 메모장에 적어 둔 글감도 캡처해서 공유했다. 내가 이렇게 집중하고 있고 이만큼 애를 쓰고 있다는 걸 보여 주고 싶었다. '열심히 하고 있으니 걱정하지 말라'고 티내고 싶었던 것 같다. 그런데 B대표는 허점투성이인 내가 보낸 것들에 대해 조언을 하기 시작했다. 내가 보낸 것이 '결과'라고 생각했기 때문이었다. 완성된 것이 아닌 것을 빨리 보여 주고 싶은 마음에 조급함이 앞선 것도 사실이었지만, 그래도 노력하고 있는 '과정'에 집중해 주었으면 하고 바랐다. 노력의 과정에 대해 인정받고 싶었는데 조언을 들으니 아쉬운 마음이 컸다.

최근 들어 느끼고 있는 건, 나 스스로도 나를 잘 모르고 살아왔다는 것이다. 예민하고 내향적인 나를 알고 나니 나에 대해 조금은 이해할 수 있게 됐다. '난 왜 이럴까' 싶고 이해되지 않았던 것들도 나와 같은 성향을 지닌 내향인이 쓴 책을 읽으며 이해가 되기 시작했다. 이렇게 부족하고 예민한 나를 받아들이고 잘 돌봐야겠다고 마음먹으니 이제야 비로소 삶이 조금은 편안해진다.

좋은 실패를 해요

아, 또 죽었어.

뭔데, 뭐 잘못했어?

마계촌 하는데 계속 같은 곳에서 죽네.

이거 왜 이렇게 어렵냐.

그거 원래 깨기 어려워 ㅋㅋ 깰 수 없어~

한국의 전설적인 스포츠 영웅이자 '코리안 특급'으로 불리는 박찬호 위원이 한 방송에서 이렇게 말했다.

"많은 분들이 궁금해해요. 어떻게 하면 성공할지, 어렸을 때 어떻게 했는지를요. 이런 질문을 많이 받는데 사실 누구나 다 하는 거예요. 중요한 것은, 실패가 두렵지 않아야 해요. 실패를 하는 순간 자신이 더 많이 성장한다는 걸 느껴야 하는데 당장의 인정을 더 중요하게 생각하죠. 저 역시 여러 차례 마이너리그로 강등되었어요. 유명해지고 부자가 되는 건 내가 원하는 게 아니었어요. 공을 던지는 투수, 그게 나였고 유일하게 내가 컨트롤할 수 있는 거였어요. 내가 목표로 하고 있었던 것들을 실패하더라도 계속해 나가는 게 삶에 있어서 중요한 거라고 생각해요."

진실한 눈빛으로 지나온 실패에 대해 차분하게 말하는

그 모습에 존경심을 느꼈다.

사람은 실패라는 경험을 통해 성장할 수 있고, 이후 또 다른 실패가 왔을 때 대처하는 방법도 배울 수 있다. 예측 불가한 상황에서 자신이 컨트롤할 수 있는 것을 찾아내고 그럼에도 실패하게 된다면, 여러 번의 반복된 실패를 점차 유연하게 받아들일 수 있다.

몇 년 전, 저자 강연회를 기획하고 사회를 맡아 진행한 적이 있다. 그때 현장에서 영상이 나오지 않는 돌발 상황이 발생했고 유연하게 잘 대처해서 프로로서 인정받을 수 있었다. (부끄럽지만 깨알 자랑을 하자면, 그 자리에서 행사 사회자로 초대하고 싶다는 요청도 여럿 받았다.) 기다리는 청중들이 눈치채지 못할 만큼 임기응변이 좋았던 것이다. 그동안 여러 도전을 하며 작은 실패로 인해 대처할 수 있는 능력이 생겼고, 쌓인 실패의 수만큼 위기가 발생했을 때 오히려 그 위기를 기회로 만들 수 있는 여유까지 생겼다.

꼭 중요한 일만 실패하는 것은 아니다. 일상에서도 매일 실패하는 게 있다. 나의 경우에는 영어 공부가 그렇다. 뇌새김부터 EWA앱, 소리 영어, 1:1 회화 공부. 투자한 금액만 해도 상당하다. 지속되는 실패의 원인을 살펴보니 지금 당장 중요한 것이 아니었기 때문이었다. 우선순위가 아니었기 때문에, 당장 중요하지 않기 때문에 계속해서 밀려났고 점차 잊혀져 갔다. 이럴 때 실패를 받아들이는 자세도 중요하다. 꼭 한 번에 성공하지 않아도 괜찮다. 반복된 실패여도 그것을 계속해서 도전할 수 있는 '용기'가 더 중요하기 때문이다.

뒤돌아보면 중요한 강연 자리가 있을 때마다 더욱 긴장했고 잘하고 싶다는 욕심과 강박이 있었다. 그리고 실패할 것을 걱정해서 성공시키는 방법보다는 실패하는 상황을 끊임없이 생각하며 불안해하기도 했다. '잘 해야만 한다'는 강박으로 스트레스를 과도하게 받았을 때 결과는 처참했다. 그런데 이후 어느 정도 포기하고 나를 내려놓게 되자 강연은 성공적이었다. 실패할 수도 있다는 사실을 부정할 때는 괴로웠지만, 실패한 나의 모습도 받아들이자고 마음먹으니 실패에 대해 초연해지고 여유로워질 수 있었다. 사람들은 여유가 넘치는 사람을 보면 마음이 편해진다. 그리고 여유를 가진 사람은 유머가 넘쳐난다. 잘될 수밖에 없는 것이다.

한 번의 실패로 인해 인생이 돌이킬 수 없을 만큼 망가지는 경우는 흔치 않다. 똑같은 실수가 거듭 반복되지 않도록 주의하는 게 더 중요하다. 그리고 실패 좀 하면 어떤가. 그 실패를 통해 나는 용감해지고 얻는 게 더 많을 텐데 말이다. 실패를 통해 현명함과 지혜를 얻을 수 있다면, 나는 기꺼이 앞으로도 도전하고 실패할 것이다.

사람은 사람을 통해 성장한다

'사람'으로 읽어도 좋습니다.

그리고 '삶'으로 읽어도 좋습니다.

사람의 준말이 삶이기 때문입니다.

우리의 삶은 사람과의 만남입니다.

우리가 일생 동안 경영하는 일의 70%가 사람과의 일입니다.

좋은 사람을 만나고 스스로 좋은 사람이 되는 것이

나의 삶과 우리의 삶을 아름답게 만들어 가는 일입니다.

– 신영복

매년 시간이 흐를 때마다 느낀다. 곁에 있는 사람을 통해서 자신이 성장한다는 것을. 어린 시절 옆에 있던 사람과 지금 옆에 있는 사람이 다르다는 점을 인식하고 있다.

어떤 사람이든 그 사람을 통해 배울 수 있는 점이 있다. 사람의 장점을 바라볼 수 있는 것이 중요하다. 한 사람, 한 사람을 깊이 호흡하듯 이해하고 소통하면서 비로소 우리는 그 사람에 대해 조금이나마 알 수 있게 되고 상대방의 장점을 발견하게 된다.

단점이 보이는 것도 사실이다. 하지만 그런 장점과 단점은 나를 성장시켜 나가는 데 있어서 큰 도움이 될 수 있다. 장점을 보게 되면 그 장점을 삶에 적용시켜서 내 것으로 수

용하면 되고, 혹여 단점을 발견하면 그 단점을 다시는 반복하지 않으면 된다.

옆에 있는 사람을 한번 살펴보자. 어떤 누구는 매일 조금씩이라도 발전하기 위해 노력하는 반면, 어떤 누구는 매일 똑같은 삶을 살아가면서 '그냥' 살아가는 사람이 있다. 여기서 우리는 조금이라도 삶을 발전시키기 위해 노력하는 사람에게 조금 더 호감을 갖게 된다.

누군가는 나를 롤모델로 두고 있다고 말한다. 이런 나도 누군가가 나의 롤모델이기도 하다. 나는 오랫동안 교제하며 그 사람의 '삶'을 살펴본다. 나와 가깝지 않은 멀리 있는 사람은 롤모델이라고 하기 어렵기 때문이다.

나의 롤모델은 엄마 '이정애' 씨다. 딸만큼 엄마와 옥신각신 다투며 서로의 마음을 아는 사람이 또 있을까. 다투는 만큼 서로에 대해 잘 알고 있고, 어려운 시기를 함께 보내며 그 사람의 내면을 면밀히 들여다보게 된다.

Audrey Hepburn

PART 4

그래도
1cm만 더

지나간 마음을
꺼내어 본다

있잖아…
그때는 미안했는데… 너무 민망했거든.
근데 지금은… 민망한데, 너무 미안한 거 있지.

첫 책이 출간됐을 때 참 많이도 울었다. 강연하면서 울고, 책 소개를 하면서 울고, 책을 보고 감격해서 울고, 사람들에게 축하 메시지 받으며 울고, 리뷰 읽으면서 울고.

그때의 내가 풋풋하게 느껴진다. 참 순수했구나. 강아지풀처럼 옅은 바람에 잘 흔들리기도 하고 민들레 꽃씨처럼 여기저기 마음 주느라 참 고되었겠구나.

지금의 나와는 정반대의 성향이었던 시절을 회상해 본다. 처음 받았던 사람들의 많은 관심에 하루하루가 신기하고 감사했다. 아침에 일어나면 나보다 빠르게 SNS 친구들이 네이버 메인, 다음 메인에 내 얼굴과 이야기가 장식되어 있다고 말해 주었고, 서점에 가면 나의 첫 아가, 첫 책이 예쁘게 진열되어 있었다. 누가 서점 매대를 둘러보다가 내 책을 집기라도 하면 가까이 다가가서 "이거 제 책이에요!"라며 반갑게 인사하고 싶은 마음을 꾹꾹 누르느라 애썼다.

그렇게 울면서 쓰고, 울면서 소통했던 첫 책의 출간 기념회가 있었다. 내심 기대하며 들어갔는데 텅 빈 자리에 흠칫 놀라고 당황했다. 사회자와 가수까지 섭외해 두었는데 출판사 대표와 나까지 모두 합쳐서 열 명도 안 됐기 때문이다. 그때를 떠올리면 지금도 마음이 좁아지는 것만 같다. 부끄러웠다. 하지만 이름 없는 작가의 출간 기념회에 축하해 주고자 와준 독자들에게 밝은 모습을 보여 주어야만 했다. 지방에서 일부러 올라온 사람도 있었다. 더 밝게 인사하고 더 가까이 다가가서 말을 걸었다. 끝나고 사회자와 가수에게 미안하다고 말했다.

"좀 더 많은 사람이 있는 무대에 멋지게 세워 드려야 하는데, 귀한 시간 내주셨는데 죄송해요. 아직 제가 많이 부족합니다."

이 말을 하기까지 십 년의 시간이 필요했다. 이제야 말할 수 있다. 그런 부끄러움도 지나간 과거이고, 그때의 민망함보다는 '그럼에도 불구하고' 함께 해주었던 사람들의 마음을 알기 때문이다.

고맙습니다. 함께해 주어서.
용기를 내주어서.

길을 걷다가 발견한 빛

아야, 뭐야 이거

왜 그래. 뭐 밟았어?

응, 유리가 깨졌나 봐

아고, 깨진 유리는 신문지에 잘 싸서 버려야 해.

길을 걷다가 무심코 바라 본 땅에는 작은 유리 조각이 반짝이며 빛나고 있었다. 조각조각 깨져 있었음에도 반짝이는 모습을 보니 글감이 떠올랐다.

'부딪히고 산산이 조각나도 너는 찬란하게 빛나는구나. 그 반짝임으로 나를 눈부시게 하는구나.'

사람도 이와 같다는 생각이 든다. 부딪히고, 부서지고, 그러기를 여러 차례 반복하며 한 사람이 더 빛나는 존재가 되어 간다. 그리고 '빛'처럼 나를 비춰 줄 존재를 만났을 때 한층 더 빛날 수 있다는 것도. 어떤 사람을 만나는지는 무엇보다 중요하다.

나를 어둡게 만들고 더 작아지게 만드는 존재가 있다면

서서히 멀어져야만 한다. 그와 반대로 나를 존중해 주고, 있는 그대로 바라봐 주는 사람이 있다면, 그런 이들만 곁에 가까이 두기를.

이제는 여행보다
평범한 오늘이 더 좋다

"역시 집이 최고야."

"밥도 집밥이 최고지!"

이십대에는 계속해서 울타리를 떠났고 새로운 자극을 필요로 했었다. 여행지의 낯설음과 설렘이 좋았다. 낯선 곳에서 발견하는 내 모습이 좋았고 여행지에서 알게 된 낯설고 다정한 이들이 좋았다. 그렇게 에너지를 환기하고 조금은 자유로워져서 돌아오면, 이전과는 다른 일상을 마주할 수 있었다. 그 에너지로 다시 힘을 내서 일상을 버텨 냈다.

그때도 지금도 달라진 게 없다면, 집에 돌아왔을 때의 내 모습이다. 즐거운 여행을 끝마치고 집에 오면 '아, 역시 집이 최고구나.'라며 안도의 한숨을 쉰다. 매번 집이 최고라는 사실을 깨닫기 위해 여행을 떠나는 건지, 새로운 나를 찾기 위해 떠나는 건지, 이유도 모르는 채 시간이 흘렀고 어느새 서른 중반이 되었다.

그때의 내가 신기하게 느껴질 정도로 이제는 낯선 곳에 가는 게 스트레스로 다가온다. 여행을 떠날 생각을 하는 순간 밥은 어느 맛집에서 먹어야 할지, 잠은 어디서 자야 할지, 동선은 어떻게 하는 게 좋을지, 밥 먹고 카페는 어디로 가야 하는지 등 여러 가지 계획으로 머릿속이 복잡해진다.

　　언제부터 이랬는지를 생각해 보면, 합정동에 이사를 오고 나서부터였다. 외부를 통해서 얻었던, 낯선 것으로부터 얻었던, 긍정의 에너지를 다른 곳에서 받을 필요가 없어졌기 때문이다. 다양한 카페와 '생활의 달인' 맛집이 즐비하게 늘어서 있는 합정과 망원 사이에서, 나는 오늘도 소소한 일상의 행복을 마음껏 누린다.

새로움, 낯설음, 신선함을 추구했던 내가 이제는 익숙함, 편안함, 안온함을 사랑하게 됐다.

한 가지 더 붙이자면, '익숙함'에서 오는 '새로움'이 좋다.

오해할 인연이라면 먼저 떠나주세요.
감사합니다

"잘가" (가지 마)

"행복해" (떠나지 마)

"나를 잊어 줘 잊고 살아가 줘" (나를 잊지 마)

– 〈거짓말〉, GOD

"제가 앞으로 두 달간은 카톡 사용이 안 됩니다. 당신을 차단한 게 아니니 괜한 오해 마시고 급한 용건은 문자나 전화 주시면 됩니다. 그런데 이런 상황에서 사실 확인 없이 괜한 오해부터 하는 관계라면 그냥 그렇게 제 곁에서 떠나가주시는 게 저로선 오히려 감사한 일입니다. 안녕히 가세요!"

페이스북 앱을 켰을 때 바로 떠서 보게 된 글인데 격한 공감을 했다. 직업 특성이라고 해야 할까, 성격 때문이라고 해야 할까, 나는 극도로 예민한 상황(특히 원고 마감)이 오면 카카오톡에 '카톡을 사용하지 않는다'고 남겨 놓는다. 실제로 그럴 때는 카톡 앱을 핸드폰에서 지우고 PC버전으로만 사용한다.

이 정도만 보고도 혼자 오해하는 사람은 종종 생긴다. 그
들에게는 해명할 필요도, 이유도 없다. 그리고 그렇게 오해
할 사람이라면 내게서 먼저 떠나가 주면 정말 베리 땡큐다.
관계라는 것이, 서로의 믿음을 전제하에 편안함이 있어야 하
는데 찝찝하거나 마음에 불편함이 있으면 이어지기 어렵기
때문이다.

소설가이자 다큐멘터리 작가인 존 버거는 『여기 우리가
만나는 곳』에서 이렇게 말했다.

"인생이라는 건 본질적으로 선을 긋는 문제이고, 선을 어
디에 그을 것인지는 각자가 정해야 해. 다른 사람의 선을 대
신 그어 줄 수는 없어. 물론 시도는 해볼 수 있지만, 그래 봐
야 소용없는 일이야. 다른 사람이 정해 놓은 규칙을 지키는

것과 삶을 존중하는 건 같지 않아. 그리고 삶을 존중하려면 선을 그어야 해."

인생도, 관계도 얼마만큼의 기준점을 갖고 선을 긋느냐가 중요한 문제이다. 내가 먼저 기준점을 정해 놔야 한다. 그렇지 않으면 이리저리 끌려다니며 내 마음은 요동칠 테니까.

불확실성에 대한 관용

아브라카다브라~

뭐야, 너 마술사야?

어른이 되면 무엇이든 다 확실해질 줄만 알았다. 생활의 전반적인 부분들, 내가 하고 있는 일, 그리고 추구하는 가치 등… 모든 면에서 확실함이 생길 줄만 알았는데, 막상 어른이 되고 나니 더 큰 불확실성으로 내일을 특정 지을 수도 없게 됐다.

매일의 불확실성 속에서 확실한 무언가를 만들려고 하다 보니, 스트레스가 쌓여 갔고 어느 날은 폭발하기도 했다. 스트레스가 가득 쌓인 날에는 가장 가까운 사람이 나의 감정 쓰레기통이 되어 줬다. (미안해) '언제까지 불확실한 무언가를 생각하며 앞으로 나아가야 할까' 하는 생각이 들었다. 항상 계획해 둔 무언가는 자의든 타의든 여러 가지 사정으로 늦춰지거나 실수가 생겼다. 그럴 때면 일을 완벽하게 해내지 못한 사람이 된 것 같아서 움츠러들었다. 모든 것에 대한 책임을 타인에게 부과하는 성격이 아니다 보니 그 책임을 오롯이 내가 안고 가야만 했다.

부담이 커질 때면 스스로를 돌봐야 했다. 동굴에라도 들어가고 싶은 상황이 오면 마음 깊은 곳 한 켠에 만들어 둔 혼자만의 방문을 열고 들어갔다. 그렇게 스스로를 지켜 냈다. 그런데 이런 상황이 여러 차례 반복되고 나니 이제는 불확실한 것에서 오는 피폐함을 금방 이겨내는 방법을 터득하게 됐다. 결국에는 마음먹기에 달려 있었다.

사람이라면 누구나 부담감과 책임감에서 오는 불편함을 경험할 것이다. 여기서 중요한 것은 그 감정과 마음을 얼마나 빠르게 이겨내고 일상으로 돌아오는가이다. 『내 안의 거인』에서 말한 적 있는 '회복탄력성'이 필요하다. 회복탄력성은 어려운 상황을 긍정적으로 바라보고, 역경을 극복할 수 있는 개인의 능력을 뜻한다. 부서지고 깨진 마음은 다시 붙여서 이어 가기 어렵지만, 한 번 붙이면 더 단단하게 내성이 생기기 마련이다.

얼마 전 생전 처음으로 뼈가 부러진 적이 있었다. 세 번째 발가락뼈의 골절 사고였다. 부러진 뼈에서는 진액이 나오고 더 단단하게 붙는다고 한다. 어린 시절 무술을 했던 A는 뼈를 더 단단하게 훈련하기 위해 일부러 부러트렸었다고 말했다. 잘 붙기만 하면 같은 자리는 다시 부러지지 않는다고도 덧붙였다. 그러니 부서진 마음도 잘 이어 붙여 낼 용기를 가져 보면 좋겠다.

세상에 완벽한 사람은 없고, 사람이라면 당연히 실수를 한다. 많은 사람들이 타인에게는 관대한데 본인에게는 냉정하다. 거기에서 오는 핍박감이 상당하다. 스스로에게도 어느 정도의 관용이 필요하다. 이때 내가 사용하는 마법의 문장이 있다.

"그럴 수도 있지."

친한 지인과 대화하며 마음이 편해서 그 사람의 대화 방식을 살펴보니 반복된 문장을 사용하고 있었다. 바로 마법의 문장, "그럴 수도 있지."였다. 그 사람이 내가 하는 말을 듣고 내

편에서 "그럴 수도 있지~" 하고 답해 주니 얼마나 마음이 편안했는지 모른다. 그래서 이제는 내가 스스로에게 말해 준다.

"진향아, 그럴 수도 있지~ 괜찮아."

에크하르트 톨레는 이렇게 말했다.
"불확실성을 받아들이기 힘들다면 당신은 그것을 두려움으로 느끼게 될 것이다. 그러나 불확실성을 온전히 받아들인다면 그것은 당신에게 더 많은 활력과 깨어 있음과 창의력을 선사할 것이다."

모든 것이 마음먹기에 달려 있다고 말하기는 쉽지만, 실제로 긍정적으로 모든 일을 대하는 건 쉽지 않다. 그럴 때

면 아무 이유 없이 이 마법의 문장을 가져다 마음껏 써주
면 좋겠다.

"그럴 수도 있지~"

개천에서 용 난다

개천에서 용 났네요.
맞아요, 저 용이에요.

십 년도 더 된 일이다. 울산 대학교에서 강연이 있었다. 유년기를 보냈던 곳이라 설레는 마음으로 향했다. 강연이 끝나고 나서였던 것 같다. SNS로 나를 안다는 한 젊은 청년이 다가와서 말을 걸었다. 흐릿한 기억을 되짚어 보자면, 다른 건 잘 기억이 안 나도 한 문장은 또렷하게 머릿속에 각인되었다.

"개천에서 용 났네요."

나를 보고 미소 지으며 했던 말이다. 개천에서 용 났다. 당시에는 그 말이 나를 무시하는 것처럼 들렸고 기분이 상했다. '개천에서 용 난다'라는 말을 검색해 보면, '별 볼일 없는 미천한 집안이나 변변치 못한 부모 밑에서 자랐지만 성

191

공해 훌륭한 인물이 되는 경우를 말한다.'라고 나온다. 또 다른 내용으로는, '주어진 환경이 매우 열악한 사람이 위대한 업적을 이루거나 매우 높은 지위에 올라 성공하는 일을 〈개천〉과 〈용〉에 빗댄 속담이다.'라고 나온다.

분명 그 사람은 나에게 좋은 의미로 "성공했다"는 뜻을 전하고 싶었던 것 같다. 그런데 받아들이는 나는 왜 좋지 않게 해석했을까. 3자의 입장에서는 내가 살아온 환경이나 가정사를 알면 그렇게 말할 수도 있는 건데, 왜 기분이 좋지 않았을까를 생각해 보니 개천이라는 사실을 스스로도 알고는 있지만 인정하고 싶지 않았던 것 같다. (그리고 '용 났다'라고 말할 정도로 성공하지 않았으니 말이다.)

강연을 할 때마다 고민이 많다. 어디까지 이야기해야 하고 어떤 이야기는 하지 말아야 할까. 강의와 강연은 달라서 강연을 할 때에는 살아온 삶을 털어놓게 된다. 첫 책을 내고는 개천에서 용 난 내 이야기가 불티나듯 강연 시장에서 팔렸다. 그런데 요즘은 고민이 많다. 친한 대표가 "요즘 친구들은 어렵게 살아온 이야기를 듣기 싫어한다."고 말했기 때문이다.

왜 그런지를 물어 보니, 그냥 힘든 게 싫단다. 힘든 이야기 듣는 것도 싫어한다고 말했다. 그보다는 시간을 아낄 수 있는, 돈을 빨리 많이 벌 수 있는 방법을 듣고 싶어 한다고 한다.

그 말을 들으니 내 이야기를 들어줄 주요 타깃을 새롭게 정의해야 했다. 개천에서 용 난 이야기를 들어줄 사람들도 아직 있기 때문이다.

개천에서 용 났다의 의미와 그 말의 뜻이 나와 정확히 맞는지는 아직도 잘 모르겠다. 사람마다 생각이 다르니 말이다. 이제는 개천에서 용 났다고 하면 감사히 넙죽 받아먹어야겠다. 어찌됐든 용은 신성한 동물이고 중국에서는 매우 귀하게 여겨진다고 하니 말이다.

불행 배틀은 이제 그만

"모두 자신만큼의 사람이 될 뿐이다."

– 『읽는 삶, 만드는 삶』, 이현주

"이래선 안 되겠다며 마음을 고쳐먹었다. 내 이야기는 접어 두고 상대의 투정을 인내심 있게 들어줬다. 하지만 돌아오는 건 '너보다 내가 더 불쌍하지?'라는 듯 자기 말만 하는 상대의 매정함과 이 사람은 내 사람이 아니구나 하는 자괴감. 그리고 이런 대화를 하는 시간이 아깝다는 몹쓸 생각이었다. 나는 이미 그들에게 거리감을 느끼고 있었다. 사람은 힘들수록 남의 고민까지 들어줄 형편이 되지 못한다. 심지어 그 고민이 자신이 가진 우울보다 하찮아 보이면 더 말할 것도 없다. 늘 자기 떡보다 남이 가진 떡이 훨씬 커 보이는 법이다."

밀리의 서재에서 출간된 책『내향인 공통의 생각』에 나오는 글이다.

이 글을 읽자마자, 마치 내 마음을 들킨 것 같다는 생각이 들어 펜을 꺼내 밑줄을 쳤다. 만날 때마다 본인의 안 좋은 일을 열변하듯 토해 내는 사람들이 있다. 불행한 이야기를 꺼내며 들어주길 바라는 것 같아서 매번 공감하며 듣기만 하던 내가, 어느 날 나의 '불행'에 대해 꺼내 놓았다.

타인에게 속마음을 잘 드러내지 않을뿐더러, 그게 안 좋은 이야기라면 더욱 하지 않는 나였다. 그런데 돌아오는 건 내가 그들에게 줬던 경청과 공감이 아니었다. 오히려 너보다 내가 더 불행하다는 듯, 더 큰 불행을 턱하니 내 앞에 꺼내 놓았다.

"넌 행복한 줄 알아."

이런 말이 돌아오고 나서야 이 사람에게 왜 속마음을 터놓았을까, 하는 후회가 들었다.

불행 배틀을 언제까지 해야 하는 걸까, 하는 생각에 거기서 멈췄다. 그저 "정말 힘들겠어요."라며 공감해 줬을 뿐이었다.

'이 사람은 자신이 세상에서 가장 불행하다고 말하고 있구나. 상대방의 불행에는 애시당초 관심이 없고 마음에 여유가 없구나.'

이쯤 되니 마음이 불편해졌고 '내 사람이 아니구나' 싶은 생각이 드니 마음의 거리가 생겨났다.

누구나 가슴에 본인만의 아픔을 간직한 채 살아가고 있다. 각자의 슬픔과 아픔이 가장 크게 느껴지기 마련이다. 나는 내 아픔보다는 타인의 아픔을 인정하고 위로해 줄 수 있는 사람이고 싶다. 그러기 위해서는 '내가 더 맑아져야지, 내가 더 나다워져야지' 하고 다짐하게 된다.

내가 나로 살게 됐을 때 상대방도 티 없이 품어 줄 수 있으니 말이다.

시인의 문장

"모가지가 길어서 슬픈 짐승이여

언제나 점잖은 편 말이 없구나"

– 〈사슴〉, 노천명

어느 순간부터 시인이 뱉어 내는 아름다운 단어와 문장에 매료되었다. 시인의 에세이만 추천받아서 읽기도 했다. 얼마 전 읽었던 책은 애잔하고 아름다우면서, 슬픔을 맑음으로 풀어 낸 에세이였다. 그 책을 읽고 내가 받은 감동을 주변 사람들에게 선물하고 싶어서 카카오톡 선물하기로 보내기도 했다.

독일의 낭만파 시인 노발리스는 그의 저서 『푸른 꽃』에서 이렇게 말했다.

"시인 한 사람이 세상에 태어날 때마다 별자리에 특이한 움직임이 있다는 말은 사실인 것 같아."

시인은 같은 세상이나 상황도 다르게 바라보는 사람인 것 같다. 마치 모든 것에 운율을 담고 의미를 담아 노래하는 것 같다. 그들의 언어에 흠뻑 젖어 걷다 보면 나도 모르게 어느새 시인이 된 것처럼 느껴진다.

나도 언젠가는 시공간을 초월한, 시인의 수려한 언어로 글을 쓰고 싶다.

딸, 하고 싶은 거 다 해

인간은 다음 세 가지를 숨길 수 없다.

기침, 가난, 사랑

– 『탈무드』

엄마는 어린 시절 집안의 생계를 책임지기 위해 식당 일부터 남의 집 살림까지 많은 고생을 했다고 말했다. 그리고 꼭 덧붙이는 말이 있다.

"딸, 우리 딸은 하고 싶은 거 다 해. 엄마는 하고 싶은 거를 못 해서 그게 한이야."

엄마의 그 말을 들을 때면, '나는 하고 싶은 게 뭐가 있을까'라는 질문을 스스로에게 던지게 됐고, 맘 한 켠에 계속 남게 됐다.

엄마는 내가 그림을 그리고 싶다고 하면 없는 형편에 두 남동생은 학원을 보내지 못해도 나만은 보냈다. 그 당시 만화 학원이 잘 있지도 않을 때였는데 중학교 때 만화가가 꿈이라고 말하니 만화 학원을 등록해 주었다. 일반 학원보다도

207

비싼 만화 학원을 다녔고, 값비싼 재료를 사줬다. 그렇게 철이 없던 딸래미는 커서도 철이 한참은 덜 들었지만, 그때와 다른 점은 그 시절의 엄마가 내 꿈을 응원해 준 마음을 안다는 거다.

엄마가 해보지 못한 것들을 내가 하나씩 해나가며 엄마는 그 모습에 대리만족을 하고 기뻐했다. 이따금 티비에 내가 나올 때면 동네에 자랑하느라 바빴다.

"이번에 우리 딸래미가~"로 시작해서 사람들이 "딸이 참 예쁘네요~"라고 말하면 그제서야 딸 자랑이 끝났다.

처음에는 죽기 전에 하고 싶은 걸 다 해보고 싶은 마음이었는데 지금 보니 그 마음 더 깊은 곳에는 엄마가 어린 시절부터 해주었던 말이 숨겨져 있었다.

"하고 싶은 거 다 해. 그래도 괜찮아."

그 말에는 여자라서 하고 싶은 걸 참고 가족의 생계를 책임지던 엄마가 살던 시절과는 다르게 살길 바라는 마음이 담겨 있었다. 여자라서 희생해야만 했던, 그렇게 살아왔던 엄마였기에 딸만은 엄마처럼 살지 않기를 바라는 엄마의 간절한 마음이었다.

엄마는 그 누구보다도 나의 꿈을 응원해 준다는 것도 알았다. 내가 무엇을 하든 응원하고 지지해 주고, 더 날개를 펼치라고. 그러면서도 엄마가 아무것도 해주지 못해 미안하다고. 그런 마음이 엄마의 마음인가 보다.

엄마의 응원 덕분에 하고 싶은 걸 다 해봤다. 그러면서 정말 하고 싶은 게 무엇인지도 발견할 수 있었다. 대부분 일에 대한 동경에서 시작했던 모델, 가수, 카페 사장, 슈즈 디자이너 등은 실제로 접하면서 동경하는 마음이 증발해 버리기도 했다.

한순간 반짝하거나 다른 사람들이 부러워하는 직업은 그 순간이 지나고 나면 허탈해졌다. 그런데 글쓰기만은 달랐다. 책을 읽고 글을 쓰면서 나에 대해 알게 됐고, 내가 지향하는 세상이 어떤 건지, 글을 통해 무엇을 표현하고 싶어 하는지를 알 수 있었다. 쓰면 쓸수록 고갈되는 게 아니라, 다른 책을 더 읽고 싶고, 파고들수록 그 세계에 대해 알고 싶어졌다. 이 일이라면 평생해도 행복할 것 같았다.

동경해 오던 일들을 해보지 않았다면, 그 일들을 내내 가슴에 품고서 갈망하고 있었을 테지. 직접 경험해 보고 나니 내가 '정말' 원하던 게 아니라는 걸 알게 되며 '포기'도 빨리 할 수 있었다. 포기가 빠르니 다음에 하고 싶은 것도 빠르게 도전할 수 있었다. 한정된 시간 내에서 원하는 것을 모두 다 양손에 가득 들고 있는 게 얼마나 큰 손해인지를 알게 됐다. 놓아야 할 시기를 아는 것도 필요했다. 놓는다고 해서 잃는 게 아니라 그 경험들이 차곡히 쌓여 내 안에 있다는 것을 알았기 때문이다.

엄마는 어릴 때도, 지금도 나에게 최고의 영웅이다. 그리고 멘토이다.

나의 멘토는, 내 꿈을 열렬히 응원해 주는 사람이니까.

당신의 편입니다

망원동 작은 상점이 즐비한 골목에 이렇게 쓰인 종이가 붙어 있다.

"상담 무료, 편들어 드려요."

보는 순간 가슴이 찡하며 상담을 하지 않았음에도 이미 '내 편'이 생긴 것만 같은 든든함이 느껴진다.

서른의 중반을 지나며 살아갈 시간이 살아온 시간만큼 남았을 테지만, 인생의 중반에서 쓴 글들을 모아 봤다. 내가 일상에서 느끼는 소소한 행복들이 그네들에게 전해지기를 바라며 썼다. 길가다 우연히 '무료로 당신의 편을 들어 주겠다.'는 다정한 글귀를 발견한 것처럼, 내 글을 읽는 독자에게 소소한 위로와 위안이 되는 시간이기를 소망해 본다.

얼마나 위로가 필요한 세상인가.

지친 퇴근길에 가족을 위해 통닭을 사가는 가장의 뒷모습을 떠올려 본다. 우리 모두가 이제는 스스로를 지켜 내야 하는 가장이다. 가장의 무게가 잠시나마 해방되는 건, 닭이 튀겨지는 동안 닭을 맛있게 먹어 줄 가족들의 모습을 떠올리며 사뿐 미소 짓는 그 순간이 아닐까.

그 순간 순간들이 길어지면 좋겠다.

비로소 나에게서의 해방이기를.

    - 오붓한 금요일, 집필실에서 애플파이를 먹으며

내성적인 당신이 좋다

비로소 나에게서의 해방이기를

발행일 2023년 9월 25일 초판 1쇄

글·그림 김진향

발행처 다반　**발행인** 노승현
책임편집 민이언

출판등록 제2011-08호(2011년 1월 20일)
주소 서울특별시 마포구 양화로81, H스퀘어 320호
전화 02) 868-4979　**팩스** 02) 868-4978
이메일 davanbook@naver.com　**홈페이지** davanbook.modoo.at
포스트 post.naver.com/davanbook　**인스타그램** @davanbook

ISBN 979-11-85264-75-2 03810